EL BARCO

Ojo de Nube

Ricardo Gómez

Premio El Barco de Vapor 2006

Primera edición: mayo 2006
Quinta edición: octubre 2007

Dirección editorial: Elsa Aguiar
Coordinación editorial: Gabriel Brandariz
Diseño de la colección: Estudio SM
Ilustraciones y cubierta: Jesús Gabán

© Ricardo Gómez, 2006
© Ediciones SM, 2006
    Impresores, 15
    Urbanización Prado del Espino
    28660 Boadilla del Monte (Madrid)
    www.grupo-sm.com

ATENCIÓN AL CLIENTE
Tel.: 902 12 13 23
Fax: 902 24 12 22
e-mail: clientes@grupo-sm.com

ISBN: 978-84-675-1026-3
Depósito legal: M-41.792-2007
Impreso en España / *Printed in Spain*
Gohegraf Industrias Gráficas, SL - 28977 Casarrubuelos (Madrid)

1

Cazador Silencioso

Al sentir los primeros dolores del parto, Abeto Floreciente dejó en el suelo la bolsa en que recogía moras silvestres y avisó a su madre:

–Madre, ya llega...

Luz Dorada la sostuvo por la cintura y caminó con ella hacia un claro del bosque. Otras dos mujeres dejaron la recolección y las acompañaron, mientras una tercera se dirigió al poblado a buscar lo necesario para atender a la madre y al recién nacido.

En cuclillas, con los brazos apoyados en los hombros de dos mujeres, Abeto Floreciente dio a luz un niño. Según la costumbre, la abuela ayudó en el parto, cortó con sus dientes el cordón umbilical y lo anudó cerca de la tripa del recién nacido. Luego, le introdujo un dedo en la boca para limpiar su garganta.

El niño tosió y su pequeño pecho comenzó a moverse rítmicamente. Las mujeres esperaron el berrido acostumbrado, pero el recién nacido no lloró.

Tampoco lloró cuando, poco después, la abuela se acercó con él al borde del río y lo sumergió en el agua helada. Mientras lo lavaba, Luz Dorada contó los dedos de sus manitas cerradas y de sus diminutos pies. Observó con detalle su cuerpo, lo encontró completo y proporcionado y dio gracias al Gran Espíritu por haber bendecido a su familia con un niño sano y fuerte.

Las mujeres tumbaron a Abeto Floreciente sobre la estera, para que descansase, y le dieron de beber zumo en un cuenco. Poco después, la abuela subió donde estaba su hija y le tendió el niño, envuelto en una manta:

–Es un niño precioso. No ha llorado al sumergirlo en el agua. Será un valiente cazador. Le llamaremos Cazador Silencioso.

Poco después de que el sol se pusiese sobre las montañas, las cinco mujeres emprendieron viaje hasta el poblado. Luz Dorada llevaba a su nieto en brazos y ya entonces tuvo la sensación de que la ausencia de llanto no era un buen presagio.

Arco Certero regresó de su jornada de caza cuando se habían encendido las primeras estrellas. Pronto tuvo noticias de que era padre por tercera vez y recibió las felicitaciones de todos los hombres del poblado porque el recién nacido fuese varón. Entró en su tipi, pasó la mano por la frente sudorosa de su mujer y destapó al niño para comprobar si parecía sano y fuerte.

La madre le anunció:

–Se llamará Cazador Silencioso. No ha llorado cuando abrieron su boca, ni tampoco cuando lo lavaron en el río.

Arco Certero sonrió. Le pareció un buen nombre, ese de Cazador Silencioso. Pensó que dentro de unos años, ese niño se haría un chico y después un adulto, y los acompañaría a él y a otros hombres en las partidas de caza. Observó sus puños y sus ojos cerrados y pensó que eran signos de firmeza.

El padre se sentía satisfecho al pensar que su hijo crecería enérgico y fuerte y sería el orgullo de la familia.

Pero a medida que pasaban las horas, crecía la inquietud de la abuela Luz Dorada, a quien no gustaba que su nieto fuese tan callado. Estuvo atenta la primera noche, pero el recién nacido no soltó un solo gemido. Tampoco lo hizo el siguiente día, ni la segunda noche de su vida. Por eso, a la madrugada del tercer día fue al tipi de su hija y dijo:

—Está muy silenciosa tu casa.

—No te preocupes, madre. El niño está sano. Se agarra al pezón con fuerza y su tripa funciona bien, como puedes comprobar.

Luz Dorada vio cómo el niño chupaba de la teta de su madre, con los puños bien cerrados. Era cierto que parecía un muchacho muy fuerte.

Pero eso no la tranquilizó.

2
Entre los crow

ENTRE los indios crow estaba mal visto hacer preguntas. Se consideraba una ofensa dirigirse a alguien directamente y preguntarle, por ejemplo: «¿Cómo está tu hermano?».

Hacer una pregunta directa significaba obligar a otra persona a responder. Y a los indios crow no les gustaba tener obligaciones. Les gustaba sentirse libres como las nubes en el aire.

Por eso, pasaban los días y la abuela Luz Dorada, aunque estaba inquieta, no preguntaba a su hija, sino que por la mañana le decía, por ejemplo:

–Esta noche tampoco he oído el llanto de tu hijo.

Abeto Floreciente intentó tranquilizar a su madre:

–Eso es de la vejez, madre. Los viejos dormís profundamente. Recuerda cuando, en las praderas, los coyotes se acercaron al poblado de noche y tú tampoco oíste sus aullidos.

Pero la madre de Cazador Silencioso estaba también preocupada. En seis días, su hijo no había llorado ni una sola vez, mantenía continuamente los puños cerrados...

... Y además no había abierto los ojos.

Abeto Floreciente calló todo esto para no disgustar a Arco Certero. Sabía que su marido deseaba sobre todo un hijo varón y estaba feliz por haber tenido a Cazador Silencioso.

Cuando se quedaba a solas con el niño, dándole de mamar o cambiándole el pañal, Abeto Floreciente se dirigía a su hijo:

–Llora, hijo, llora. Si no lloras ahora de niño, todos tendremos que llorar cuando crezcas.

La noche del séptimo día, Abeto Floreciente no podía dormir. Temía que su hijo no tuviese Voz. Y la Voz era muy importante para los indios crow. Era lo que los diferenciaba del resto de animales del cielo, de la tierra y del agua.

A medianoche, decidió no darle de comer.

Y pasó las horas, hasta la llegada del amanecer, pendiente de si el niño gritaba para reclamar el pecho.

Durante ese tiempo, Abeto Floreciente colocó a su pequeño bajo su brazo y le decía de vez en cuando:

–Llora, hijo, llora. Mejor que llores de niño a que tengas que hacerlo cuando seas un hombre.

A la salida del sol de su octavo día de vida, Cazador Silencioso lanzó un sonoro berrido. Un estruendoso grito que despertó a su padre Arco Certero, a Cierva Blanca y a Montaña Plateada, sus dos hermanas.

También despertó a otros habitantes del poblado, sobre todo a la abuela Luz Dorada, quien apareció feliz a la entrada del tipi diciendo a su hija, que daba orgullosa de mamar al niño:

–Esta madrugada, el sol ha salido con fuerza; será un buen día.

–Sí, madre. Será un buen día para todos.

Abeto Floreciente estaba feliz. Su hijo no solo había utilizado con fuerza su Voz, sino que al hacerlo había abierto sus puñitos cerrados. Ahora, mientras mamaba con energía de su pecho, el niño agarraba con fuerza uno de sus dedos, apretándolo al ritmo que latía su pequeño corazón.

Al verlo, la abuela pensaba que Cazador Silencioso crecería como un muchacho sano. De

11

mayor, sería un hombre fuerte. Y un poderoso cazador. Ya no se arrepentía por haberle dado ese nombre mientras lo lavaba a la orilla del río.

Pero transcurrieron los días y el niño no abría los ojos. Como otras cosas, ese hecho no había pasado desapercibido a la abuela Luz Dorada, que a partir del décimo día comentó a su hija:

–Creo que mi nieto todavía no conoce la forma de tu cara.

La madre del niño trataba de espantar las preocupaciones de la abuela y decía mientras veía dormir a su pequeño:

–Mi hijo reconoce mi voz, aprieta mis dedos y toma con gusto la leche de mis pechos, madre. Tiempo tendrá de conocer mi rostro y el tuyo. Mírale y escúchale... Es un niño sano y fuerte.

Cazador Silencioso lloraba solo lo indispensable, cuando sentía hambre o su pequeña tripa se hinchaba de gases. Pero si estaba despierto, ronroneaba como si quisiera echar a hablar. Era un *gau-gau* continuo y con ritmo, parecido al de una canción.

Aunque era cierto que sus ojos permanecían cerrados.

Y eso tenía preocupada a Abeto Floreciente, aunque ella no quería reconocerlo.

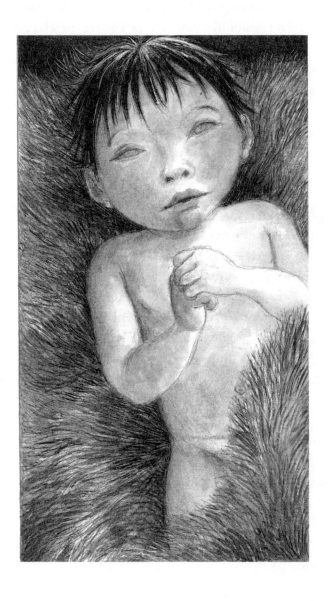

Transcurrieron las dos semanas en las que, según la tradición crow, ni la madre ni el recién nacido debían salir fuera del tipi. Esas dos semanas eran el tiempo que tardaba el alma en asentarse en el cuerpo de los recién nacidos, y no debían salir fuera para que el alma no se la llevara un mal viento.

También era el tiempo para que, según las costumbres indias, las madres pudieran saber si un niño crow debía o no vivir en la tribu. Si por alguna razón el Gran Espíritu deseaba llevárselos durante ese período, los padres no debían sentir pena, porque el alma del recién nacido aún no había llegado a la comunidad.

El decimoquinto día, Cazador Silencioso, con su recién estrenada alma de niño, salió del tipi en brazos de su madre.

Las otras mujeres se acercaron para verle y alabaron a Arco Certero por haber engendrado un muchacho. También elogiaron a Abeto Floreciente porque tuviera un cuerpo tan bien formado.

La abuela Luz Dorada estaba orgullosa porque sus vecinas ensalzaran a su primer nieto varón y sonreía ufana mientras caminaba abrazada a su hija.

Pero, de repente, Cazador Silencioso abrió los ojos.

Y un suspiro de espanto y decepción brotó de las gargantas de las mujeres que le observaban.

También Abeto Floreciente se sobresaltó.

Cazador Silencioso mostró al abrir los ojos una córnea absolutamente blanca. Blanca como si la nieve o las nubes hubiesen quedado atrapadas entre sus párpados.

3
Un indio ciego

Un crow ciego era un obstáculo para la tribu, cuando tenía que viajar desde las montañas hacia las praderas, o al revés.

Tampoco era útil para el poblado un ciego crow cuando la supervivencia diaria dependía de la caza, de la pesca y de la recolección. Ni cuando había que escapar de las amenazas de animales que corrían o se arrastraban por la tierra. O cuando tenían que defenderse de los ataques de otras tribus...

Por eso, entre los crow nadie censuraba al padre o al hijo que abandonaba a un ciego, si este representaba un obstáculo para la vida de la comunidad. Y la persona ciega, cuando era mayor, aceptaba con resignación volver con el Gran Espíritu, porque sabía que ya era un estorbo para la vida de los demás.

Pero la madre de Cazador Silencioso, que había vivido con su hijo durante esas dos semanas y que había sentido cómo su alma se alojaba en su pequeño cuerpo, no quería abandonar a su hijo, a pesar de las advertencias de la abuela Luz Dorada.

Al repetirle que ese niño sería un problema para la familia y el resto de la tribu, Abeto Floreciente respondió con energía a su madre:

–Madre, no insistas. ¡Yo seré sus ojos!

Al regresar Arco Certero a la noche siguiente y enterarse de que su hijo era ciego y que no podría cazar con él ni en las praderas ni en las montañas, sintió una tristeza tal que no dijo una sola palabra y se encerró en su tipi.

Pero su mujer envió a sus hijas y a su hijo al cuidado de la abuela y pasó la noche con su marido, consolándole y susurrándole al oído mientras le acariciaba:

–No te preocupes, querido, porque yo seré sus ojos.

A la mañana siguiente, Abeto Floreciente comunicó a su madre, a sus hijas y al resto de las mujeres de la tribu que su hijo se quedaría con ella y que a partir de ese momento el niño se llamaría Ojo de Nube.

Pasaron las semanas y, a excepción de su ceguera, Ojo de Nube creció como un niño sano.

Cuando lloraba, lo hacía con energía. Cuando dormía, lo hacía con placidez. Y las horas en que estaba despierto, producía un ronroneo que parecía una canción: *gau-gaugau-gau*...

Mientras Abeto Floreciente realizaba la recolección en el bosque con otras mujeres, hablaba a su hijo y le contaba cómo era el mundo que esos ojos nunca podrían contemplar:

–Hemos venido a buscar piñas maduras, de las que caen del árbol al suelo antes de que broten las nuevas. Debemos llegar antes de que lo hagan las ardillas. Las mejores son las piñas que comienzan a cuartearse y que mantienen la capa de resina. Acabarán de abrirse los próximos días al lado de nuestros fuegos y luego podremos romper la cáscara y guardar los piñones.

Por las noches, cuando su marido y sus hijas dormían, la madre se acurrucaba junto al niño y le susurraba al oído:

–Al llegar la próxima luna llena tendremos que abandonar las montañas e ir hacia las praderas porque llegará el invierno, la nieve lo cubrirá todo y los grandes animales del bosque bajarán al arroyo para buscar el alimento que les corresponde.

O le contaba alguna antigua leyenda:

–Eso que oyes es el Viento del Norte, que dentro de poco se hará más y más gordo y que vendrá cargado con sacos llenos de nieve. Hace muchos, muchos años, el Viento del Norte llevaba la nieve solo de la cima de una montaña a la cima de otra montaña, viajando con su saco cargado entre barrancos y ríos, sin dejar caer un solo copo, pero una vez se encontró con el Gran Espíritu, que le preguntó si podría darle un poco de esa nieve...

Abeto Floreciente no se separaba de su hijo en ningún momento. Lo llevaba al pecho o a la espalda, se acurrucaba en el lecho contra él para contarle los sucesos del día, o cuidaba del fuego con él en el regazo. Cierva Blanca y Montaña Plateada lo comprendían, porque la madre debía ser los ojos del pequeño.

Arco Certero, cuando estaba a solas, movía la cabeza y se lamentaba pensando que su hijo sería muy infeliz. Y se entristecía pensando que nunca podría cazar con él en las montañas ni en las grandes praderas.

Ojo de Nube escuchaba a veces a su madre en silencio. También en silencio dejaba que ella posase sobre su pequeño pecho una hoja de tejo, una cinta de cuero o una pluma de pájaro, para que conociera en su piel las cosas que sus ojos no podrían ver. Pero otras veces parecía responder con maullidos que semejaban canciones: *Mau-gau-maugau-gauau...*

Llegó la quinta luna llena y, con ella, los primeros vientos fríos. Repletos los sacos de frutos y semillas y secadas las carnes de los animales cazados, los crow recogieron sus pieles, sus tipis y los palos que sostenían las tiendas, preparándose para el viaje.

Antes de partir, cada familia dejó en el centro de donde había plantado su tipi un puñado de frutos y semillas y una ofrenda de carne y de pescado, como agradecimiento a la Madre Tierra por haberles dejado utilizar su suelo y tomar su agua.

También agradecieron al Espíritu del Bosque que les hubiera permitido recolectar frutos, recoger resinas o quemar leña.

Y dieron las gracias al Gran Espíritu porque los peces se hubieran dejado pescar y los ciervos se hubieran dejado cazar.

Por último, en una danza en la que participaron de ancianos a niños, se alegraron por haber pasado en las montañas cinco lunas más, deseando estar de regreso cuando las nieves se hubiesen retirado y los grandes animales del bosque se hubieran saciado de la comida que les correspondía.

Después de todo eso, el pequeño grupo de indios crow emprendió su viaje anual hacia las grandes praderas.

4
El viaje hacia las praderas

Para los crow, el viaje desde las montañas hacia las praderas era motivo de alegría. A las llanuras no llegaban las nieves y el sol de invierno calentaba lo suficiente como para que la vida fuese plácida y agradable.

Allí, la Madre Tierra era generosa y ofrecía a los indios sus frutos, raíces y semillas. También permitía que algunos animales se dejasen cazar. Y siempre había arroyos de agua clara con la que saciar la sed o en los que bañarse sin peligro.

Desde lo alto, las águilas y otras aves observaban a los crow como un largo hilo extendido sobre los caminos. Hombres y mujeres se turnaban para tirar de sus pertenencias con las rastras fabricadas con los palos de los tipis.

Caminaban de día y descansaban de noche, haciendo frecuentes paradas para adaptarse al ritmo de los niños. A veces, dormían al raso. Otras, aprovechando refugios naturales que habían utilizado sus antepasados, y los abuelos de sus antepasados.

Abeto Floreciente llevaba a su hijo Ojo de Nube colgado en un hatillo sobre el pecho, y no en la espalda como lo hacían otras madres indias. Durante el viaje, continuaba siendo sus ojos y le contaba mientras acariciaba su frente:

–Esta noche descansaremos en la Garganta del Ciervo, a medio camino de la cima de la Montaña Pelada. Allí estaremos a salvo de los ataques de las fieras y podremos encender fuego, porque cada vez que venimos dejamos cargas de leña para que seque de una temporada a otra. Pasaremos allí dos noches, porque Osa Negra está a punto de dar a luz.

Osa Negra dio a luz una niña a la que pusieron de nombre Cumbre Nevada cuando observaron que, a lo lejos, las montañas que habían dejado ya estaban cubiertas de nieve.

Luz Dorada llevaba en ocasiones el hatillo con su nieto. Muchas veces se preguntaba qué sería de él cuando creciera y tuviera que enfrentarse a los peligros que acechaban a los crow.

Por fin, después de quince jornadas de viaje, el grupo llegó a las praderas que habían ocupado sus abuelos. Bailando ante el tótem que marcaba el centro del territorio de la tribu, antes de plantar sus tipis, pidieron permiso a la Madre-que-da-la-Vida para ocupar sus tierras, utilizar su hierba, obtener raíces, emplear la leña y cazar animales.

Mientras los hombres se ocupaban de colocar los tipis, las mujeres hicieron la primera recolección de leña y de frutos y los niños fueron al arroyo a llenar los odres de agua.

Las madres de los recién nacidos, claro, no hacían este trabajo, así que Osa Negra y Abeto Floreciente dieron de mamar a sus críos. A la primera le extrañaba que la segunda hablara tanto a Ojo de Nube y comentó:

–Los oídos de tu hijo deben de estar ya llenos de palabras.

–Sí, pero yo los llenaré de más palabras todavía; antes de que eche a andar, quiero que conozca el mundo que va a encontrar.

Dos días más tarde, el campamento crow estaba totalmente instalado. Por la noche, tras la cena, los hombres se reunieron en el círculo sagrado alrededor del fuego, para hacer una lista de todas sus necesidades, presentarla al Gran Espíritu y solicitar que todo lo que pedían les fuera concedido.

Hablaron por turnos, cada uno haciendo referencia a su oficio en la tribu:

–Cabello Largo necesita hierbas para medicinas, piedras transparentes contra los maleficios y raíces contra los venenos.

–Perro Rastreador necesita madera de boj para fabricar el asta de los arcos, el mástil de las lanzas y el mango de las hachas.

–Mano Amarilla necesita la-piedra-que-no-se-rompe para fabricar las hojas de cuchillos y hachas y puntas de lanza.

–Arco Certero necesita que los bisontes se dejen cazar, para tener su carne, su grasa, su piel, sus huesos, sus cuernos, sus tendones y sus tripas.

–Cuervo Blanco necesita tierra y agua para que las semillas crezcan y se conviertan en alimentos para nuestros hijos.

Los diecinueve varones adultos de la tribu siguieron con sus peticiones, entre las que estaban incluidas las de sus mujeres e hijos y entre las que se contaban cuerdas de esparto, resinas, plumas de águila, pieles de conejo, pigmentos para pinturas, hierbas para sus pipas, dientes de lobo, leña para la lumbre...

Por último, el jefe de la tribu, Trueno de Fuego, pidió sol para calentar sus cuerpos, lluvia para regar los campos, noches tranquilas para descansar y un fuego que perdurara siempre; sin olvidar que el Gran Espíritu los librara de la picadura del alacrán y de la estampida de los bisontes.

Mientras hombres, mujeres y niños danzaban alrededor del fuego, Ojo de Nube escuchaba las palabras de su madre:

–Tienen que dar veintinueve vueltas alrededor del tótem, tantas como días pasan desde una luna llena a otra luna llena. Luego, los hombres y las mujeres nos iremos a dormir juntos para que la tierra y los animales den sus frutos y la vida pueda renovarse. Si todo complace al Gran Espíritu, la Madre-que-da-la-Vida nos concederá todo lo que hemos pedido.

Cuando Ojo de Nube escuchaba a su madre, le regalaba una retahíla de balbuceos: *gn-gau-gau-buu-maau...*

También·sus hermanas hablaban con él y le cuidaban en el tipi cuando su madre estaba ausente.

La mayor, Cierva Blanca, que ya tenía cinco años, jugaba con él. Le había fabricado un sonajero con una pequeña calabaza vacía llena de semillas, que Ojo de Nube se llevaba a la boca y agitaba con energía cuando estaba despierto.

A la pequeña, Montaña Plateada, que apenas tenía dos años, su hermano le gustaba mucho porque, a diferencia de otros niños pequeños, no lloraba casi nunca.

5
La vida en las llanuras

La existencia en las llanuras era cómoda, pero no estaba libre de riesgos. Durante el día el peligro eran los pumas, los alacranes o las serpientes de cascabel. Por las noches, los coyotes, las tarántulas y las arañas de calavera.

Y, por supuesto, a cualquier hora, las estampidas de bisontes.

Pero los crow no tenían miedo. Sabían que los animales pequeños no atacaban a no ser que fueran molestados, por lo que solo había que andar con cuidado y siempre con mocasines.

Un animal grande, como un lobo o un puma, nunca atacaba a no ser que estuviera muy hambriento. El Gran Espíritu cuidaba de que todos los animales tuvieran suficiente para comer. Así que si un día el alimento de un puma o un lobo tenía que ser un indio, era porque el Gran Espíritu lo había querido así.

En cuanto a las estampidas de bisontes, no había forma de protegerse de ellas. Si una gran manada galopaba enloquecida, lo mejor era no estar en su camino porque de igual modo embestía contra un solo hombre que contra un poblado de muchos tipis.

Y cuando eso sucedía, pocos podían contarlo.

Las semanas transcurrían con la rutina de siempre. Las mujeres recogían en el bosque semillas, frutos y raíces. Los cazadores salían una vez por semana para cazar algún bisonte, que servía de alimento a todo el poblado. Los niños aprendían a identificar huellas y se peleaban unos contra otros, para iniciarse en la lucha. Y las chicas aprendían de sus madres a conservar los alimentos, a preparar la comida, a tejer cestos y, por supuesto, a recolectar.

Por las noches, especialmente las de luna nueva y las de luna llena, hombres, mujeres y niños se reunían para cantar y bailar.

En el círculo interior estaban las mujeres con los niños más jóvenes, cerca del fuego. En el círculo exterior, los hombres, golpeando sus tambores, palos y sonajas. Entre medias, los niños algo mayores, mientras algunos adolescentes, chicas y chicos, trataban de encontrarse en la penumbra.

Abeto Floreciente seguía siendo los ojos de su hijo, a quien contaba divertida, marcando con sus dedos el ritmo de la música en sus pequeños pies:

–Ese que baila es Conejo Loco. De joven se subió al lomo de un bisonte, que le llevó a galope por la pradera. Al final, se rompió una pierna y desde entonces anda cojo. Siempre camina muy rápido, como si una avispa le hubiera picado el pie. Se ha pintado la cara de una forma tan rara que es como para partirse de risa. Así que te lo puedes imaginar bailando...

Había cosas que Ojo de Nube nunca podría percibir, como los cuernos de la luna en creciente. A veces, mientras le hablaba, Abeto Floreciente dibujaba con sus dedos en el pecho de su hijo el perfil de una montaña, la forma de una nube o la trayectoria del vuelo de un gorrión.

Luz Dorada, de vez en cuando, se hacía cargo de su nieto, pero no le hablaba por una mezcla de superstición y de lástima. No podía dejar de pensar en qué sería de él cuando fuese mayor.

Transcurrieron siete lunas y llegó el tiempo de partir.

Semanas antes habían recogido las cosechas, que llenaban algunos sacos y cestos que debían ser llevados a la rastra, hacia las montañas. También tenían pieles nuevas de bisontes y de conejos, algunas calabazas llenas de grasa y de resina y un buen puñado de plumas de águila.

La Madre-que-da-la-Vida había sido muy generosa con ellos en esta estación del año, pero ahora, al final de la primavera, cuando el sol se alzaba con fuerza, los campos comenzaban a amarillear y los arroyos bajaban con menos agua, era el momento de viajar.

El Gran Espíritu los había protegido de los ataques de las alimañas y de las estampidas de los bisontes.

Nadie había nacido en esa estación, porque aún no había llegado su hora de nacer, pero tres mujeres estaban embarazadas.

Aunque lo mejor era que nadie había muerto, porque aún no había llegado su hora de morir. Ni siquiera le había llegado la hora a Pequeño Halcón, el más viejo de la tribu.

Así que, antes de emprender viaje, se reunieron para dar las gracias al Gran Espíritu y a la

Madre-que-da-la-Vida por los bienes que habían recibido.

Dejaron en el centro de los círculos donde asentaban los tipis unas ofrendas para que la Tierra los multiplicara a su vuelta el año siguiente.

Y el pequeño grupo de indios crow, diecinueve hombres, veintiuna mujeres y veinticinco niños, emprendieron viaje hacia las montañas, formando un largo hilo extendido por el camino, arrastrando sus pertenencias.

Arco Certero y los demás cazadores caminaban a los flancos de la caravana, con sus armas dispuestas a enfrentarse a las fieras que en cualquier momento podrían saltar hacia alguno de los niños. En los momentos de mayor dificultad, los hombres se ocupaban de las cargas y eran las mujeres las que vigilaban.

Ojo de Nube iba a la espalda de Abeto Floreciente. Su madre seguía siendo sus ojos y le contaba:

–Arriba hay tres águilas que casi tocan las nubes. Hace un rato, una cuarta ha bajado hasta el suelo y seguramente habrá cazado alguna presa. Dicen las leyendas que, mientras haya águilas cazando, el Sol y la Luna seguirán estando en el cielo.

En esa ocasión, Ojo de Nube no respondió. Estaba plácidamente dormido.

Descansaron tres noches en la Garganta del Ciervo. Diecisiete días después de partir, llegaron a las montañas para pasar la estación calurosa. Les alegró ver el tótem de su tribu en la explanada que estaba junto al río.

6

El viento que sopla

DURANTE el verano, cuando las tardes eran largas, hombres y mujeres crow se sentaban a la sombra de los árboles y cosían su propia ropa. La tradición obligaba a que cada cual preparase sus camisas, pantalones, polainas, vestidos y cinturones. Era un motivo de orgullo ir bien ataviado, y un hombre o una mujer demostraban su valía luciendo sus trajes, adornos y abalorios.

Ojo de Nube estaba a punto de cumplir el año. Necesitaba su primer traje que le identificaría como miembro de la tribu crow, y eran sus padres quienes debían preparárselo.

Abeto Floreciente le cosía a la sombra de un fresno una camisa y unas polainas de piel de alce, que había sido antes curtida hasta hacerla suave y flexible como una gamuza.

Arco Certero, sentado al lado, le preparaba unos mocasines utilizando el resistente cuero de la pata de un bisonte.

Recortaban las piezas con una cuchilla de piedra afilada, hacían agujeros en la piel con una lezna de hueso y unían las piezas mediante tendones de animales y fibras de algunas plantas.

Mientras hombres y mujeres hablaban y reían, contando leyendas e historias sobre sus antepasados, Ojo de Nube atendía sentado, con la espalda apoyada en el costado de su madre.

El niño escuchaba atentamente los sonidos que llegaban hasta él. Durante las conversaciones, alzaba la cabeza como si mirase en dirección al lugar de donde procedían voces y ruidos. Y sonreía o emitía pequeñas cantinelas cuando identificaba las palabras de sus padres, sus hermanas o de la abuela Luz Dorada.

Al final de esa tarde de costura colectiva, cuando la charla estaba casi agotada y todo el mundo pensaba en volver a los tipis, se oyó un balbuceo de Ojo de Nube:

–*Eta noche vento.*

A su alrededor se extendió un silencio asombrado. A pesar de que esas palabras habían sido dichas en un susurro, resultaban claramente inteligibles: «Esta noche, viento».

Todos sabían que Abeto Floreciente hablaba a su hijo desde que tenía pocos días de vida. Por tanto, todos la miraban entre asustados y admirados por considerarla responsable de que un niño con menos de un año de edad, que apenas se sostenía en pie, fuera capaz de hablar.

Abeto Floreciente tomó al niño y lo estrechó contra su pecho.

Como los demás, no sabía bien si aquello era un regalo del Gran Espíritu o un encantamiento de los *otkon*, los demonios del cielo y de la tierra. Sintió un estremecimiento cuando Ojo de Nube se aferró a su cuello, como si solicitase su protección.

Durante la cena, la noticia de que el pequeño ciego había hablado se extendió como lumbre en la pradera. Las miradas se dirigían de vez en cuando hacia él, como si tratasen de saber si su Voz era un presagio de desdichas o un motivo de felicidad.

Quienes habían escuchado las palabras del niño se las repetían a los que no habían estado presentes:

–Ha dicho: «Esta noche soplará el viento».

Y volvían a extrañarse de que un niño que apenas se sostenía en pie fuera capaz de expresarse con tal claridad.

A punto de acabar la cena, una ráfaga de viento agitó las llamas de las tres hogueras y sacudió la piel de los tipis. Fue como si una mano gigante agitara el aire a su alrededor. Por unos segundos pareció que el tiempo se hubiera detenido. Pero, al poco, un ventarrón helado sopló con fuerza haciendo rodar las brasas de los fuegos y sacudiendo las tiendas y los secaderos.

De las hogueras salieron volando ascuas que chocaron contra los tipis o se perdieron en la noche, como si fueran miles de luciérnagas. Los hombres, conscientes del peligro de que se incendiase el bosque cercano, comenzaron a apagar las brasas con odres de agua, con mantas e incluso a pisotones.

Las mujeres llamaron a los niños y se refugiaron en sus tipis, y los ancianos trataron de recordar cuándo había soplado un viento como el que ahora los amenazaba.

Por suerte, las hogueras se apagaron a tiempo, aunque una cuadrilla de hombres estuvo vigilando los alrededores, por si se prendía algún incendio en la maleza.

La noche fue terrible. El vendaval sopló con furia, haciendo temblar la piel de las tiendas y sacudiendo los palos sólidamente anclados en la tierra. Los árboles del bosque parecían gemir y las montañas amplificaban el ulular del viento.

Pero solo uno de los tipis fue arrancado de cuajo, y sus moradores tuvieron que guarecerse con dos familias próximas. Nadie pudo dormir y los crow pasaron la noche en vela arrebujados bajo sus pieles, temiendo que ese Gran Viento los llevara en volandas hasta las nubes.

Abeto Floreciente, estremecida al pensar que su hijo había presentido la llegada de ese viento, susurró a su oído:

–Hijo mío, ahora no sé si debo seguir hablándote o debo callar. Cuando sopla así el viento es porque el Gran Halcón agita sus alas. Quizá está enojado porque durante la estación en las praderas cazamos demasiados animales y nos advierte de que debemos cuidar más a la Madre-que-da-la-Vida.

Poco antes del amanecer, el viento cesó tan bruscamente como había llegado. A la salida del sol, los crow comprobaron que, después de todo, no habían sufrido tanto daño. Los secaderos de carnes y de pieles habían sido destruidos y uno de los tipis debía de estar a muchos pasos de distancia, colgado tal vez de las ramas de un árbol.

Todos recordaron a Ojo de Nube, que había predicho la llegada de aquel vendaval.

Pero nadie se atrevió a pronunciar su nombre, porque aún no estaba claro si esa criatura era una enviada de los dioses o de los demonios.

7

El Gran Espíritu

En la montaña, el Gran Espíritu había distribuido muchos animales: el alce, el oso, el ciervo, el mapache, el lince o el puercoespín. Entre los árboles esparció vencejos, picamaderos, urracas o gorriones. En el río, la trucha, la rana, la nutria, el ganso, el lagarto de agua...

Todos estos animales podían cazarse o pescarse con flechas, lanzas, piedras, redes o ligas. El Gran Espíritu solo había impuesto una regla: «Caza solo lo que necesites».

Los secaderos habían sido destruidos por el vendaval. Reconstruirlos no era complicado, pero el viento se había llevado lejos las pieles que estaban preparadas para comerciar y arrastró por el suelo carnes y pescados que ya no servían para alimentar al poblado. El tipi arrancado del suelo apareció en lo alto de un árbol, colgado en una posición grotesca.

Los crow estaban desolados. Pronto llegarían los tonkawas para intercambiar sus mantas, su sal y su cerámica. Y los crow apenas tenían nada que ofrecer a cambio. El jefe Trueno de Fuego reunió a los hombres del poblado y les dijo:

–Apenas hay sal y pronto necesitaremos mantas. Si además los tonkawas ven que somos débiles, no tardarán en ocupar nuestros territorios de caza y robar en el poblado. Cada familia debe aportar lo que pueda ser intercambiado.

Pronto se formó un montón con plumas de águila y de cuervo, pieles de alce y castor, cinturones, mocasines, manoplas... Y un par de pieles de oso, una de ellas de la familia de Arco Certero, que lamentó mucho ceder esa cómoda cubierta en la que dormía con su esposa.

Todo el mundo vio que aquello era insuficiente para negociar con los tonkawas. Aunque pensaron en ceder más vestidos, mantas y pieles, pronto sus vecinos descubrirían que aquellos objetos eran viejos y considerarían que los crow no eran fuertes y que habían tenido una mala temporada en las praderas.

Arco Certero se ofreció, con otros cazadores:

–Podemos volver a las llanuras. Cazaremos algunos bisontes y regresaremos con sus pieles.

Trueno de Fuego consideró la oferta y la rechazó:

–Tardaríais al menos ocho días en llegar y otros tantos en volver, más los dedicados a la caza. No podríais trasladar la carne y el Gran Espíritu se enojaría por haber matado animales sin necesidad. Tampoco podríamos curtir las pieles antes de que vengan los tonkawas. Hay que buscar otra solución.

Entre los crow había un antiguo proverbio: «El mal siempre se aleja de un lugar donde la gente está contenta». Pero no había manera de espantar las preocupaciones, y esa noche los crow durmieron llenos de malos augurios.

En el interior de los tipis, algunos consideraron que Ojo de Nube había sido el responsable de que se levantase el viento y destruyese los secaderos. La abuela Luz Dorada conocía esos comentarios, aunque nadie se atrevió a decirle nada. Y ella tampoco comentó nada a su hija.

Por la noche, Abeto Floreciente comprobó que Arco Certero se removía inquieto, sin poder conciliar el sueño, y le dijo:

–Veo que las arañas de las preocupaciones no te dejan dormir.

–Será una estación dura. Los tonkawas se reirán de nosotros y subirán los precios de la sal y las mantas que necesitamos.

La mujer, que durante esos meses había hablado mucho con su hijo, recordando antiguas leyendas, se quedó pensativa y, pasado un tiempo, dijo a su marido:

–A lo mejor tenemos que recordar la historia de Nakotak.

–Si Nakotak es un espíritu que puede ayudarnos, a lo mejor tenemos que recordarle, pero yo no me acuerdo de él.

Y Abeto Floreciente le contó:

–Hace mucho, un grupo de jóvenes seneca se perdió en un bosque en el que habitaban sus enemigos. Uno de los indios, llamado Nakotak, sabiendo que pronto los descubrirían y capturarían, ideó una estratagema para engañar a sus adversarios. Ordenó que los suyos se adornaran la cara y construyó una cabaña en los árboles...

Cuando su mujer acabó la historia, Arco Certero pensó que aquello no era más que viejas leyendas. Hasta muy tarde, las arañas de las preocupaciones pasearon por el interior de su cabeza, pero a medida que pasaba el tiempo se decía que a lo mejor había que intentar aprender del joven Nakotak.

A la mañana siguiente, Arco Certero habló con el jefe Trueno de Fuego, y este convocó a los hombres a una reunión, aunque a regañadientes porque pensaba que una cosa eran las leyendas y otra muy distinta era el mundo de la realidad.

Al comienzo, casi todos los hombres se burlaron de la idea de Arco Certero, pero este habló con tanto entusiasmo y adornó su propuesta con tantos detalles que poco a poco acabaron por ceder y decidieron poner en marcha el plan.

Después de todo, nadie tenía una idea mejor.

En la reunión nocturna, Trueno de Fuego explicó al poblado:

–Los hombres hemos tenido una idea para recibir a los tonkawas, así que desde mañana todo el mundo se pondrá a trabajar en ello. Los niños deberán buscar juncos y esparto, mientras las mujeres se ocuparán de trenzar todas las cuerdas que puedan. En cuanto a los hombres...

Las decisiones del jefe de la tribu nunca se discutían y todos aceptaron la tarea, aunque las mujeres no entendían para qué eran necesarias tantas cuerdas.

Todas, menos Abeto Floreciente.

Arco Certero estaba satisfecho por pensar que quizá su mujer consiguiera salvar el honor de su tribu.

8

Una pluma de águila

UNA pluma de águila era el honor más alto que podía recibir un guerrero o un cazador. Solo la llevaban los hombres, y la manera de colocarla indicaba sus méritos. Esa tribu crow no era guerrera, por lo que nadie, salvo el jefe Trueno de Fuego, que una vez había acabado con un enemigo, podía lucirla sobre la cabeza.

Trueno de Fuego disfrutaba del mérito de lucir cuatro más en su coleta derecha, lo que significaba que era un gran cazador.

Arco Certero también era un gran cazador, pero solo exhibía tres, igual que Perro Rastreador. Los demás llevaban dos, una o ninguna. Los más jóvenes, claro, todavía no podían lucir plumas de águila porque aún no eran considerados hombres.

En la tercera luna de la estación de las montañas, cuando Ojo de Nube acababa de cumplir un año, llegó la noticia de que los tonkawas bajaban el río con sus canoas.

Los crow se prepararon para recibirlos. Los hombres, con sus trajes ceremoniales, pinturas y plumas de águila; las mujeres, con sus rostros pintados y los vestidos de las ocasiones solemnes; los jóvenes y niños, limpios y con el cabello ondeando al viento.

Habían trabajado duro las dos semanas anteriores. No solo tejieron cuerdas y levantaron el tipi destruido por el vendaval, sino que tuvieron tiempo para repasar la pintura de su tótem, reconstruir los secaderos y limpiar los alrededores del poblado.

Además, la senda que debían recorrer los tonkawas, que ascendía desde la orilla del río al poblado, estaba cubierta de hojas y flores, con frutos colgados de las ramas de los arbustos.

Los crow recibían a los tonkawas como si se tratara de dioses.

El jefe tonkawa precedió una comitiva de quince guerreros. Todos llevaban plumas de águila en lo alto de su cabeza, y en la cintura, sus puñales y tomahawks. Los tonkawas vivían de la caza y, sobre todo, del comercio con tribus vecinas, a quienes imponían altos precios apoyados en la fuerza de sus armas.

Trueno de Fuego, el jefe de los crow, recibió de pie al jefe tonkawa. Este le saludó con la fórmula ritual:

–Hemos dormido bien, no tenemos hambre y viajamos sin peligro a ver a nuestros vecinos crow.

A lo que respondió Trueno de Fuego:

–Os damos la bienvenida y nos alegramos de recibir a los vecinos tonkawa en una estación tan especial.

Los tonkawa, desplegados en arco alrededor de su jefe, no tardaron en fijarse en los árboles, decorados de una forma tan ceremoniosa. Hubo murmullos y uno se acercó a su jefe para mostrarle lo que se veía en el bosque, tras el poblado crow.

El jefe tonkawa observó lo que le mostraba el guerrero y dijo:

–La temporada ha debido de ser buena para vosotros. Nos recibís como vecinos hospitalarios y mostrando vuestras riquezas. Este año ha sido malo para nosotros y nos ha costado mucho obtener la sal y las mantas que os traemos, así que esperamos que nuestros hermanos crow nos ayuden en estos tiempos difíciles.

Trueno de Fuego respondió, mostrando los árboles próximos:

–Una temporada tan buena que los Hijos del Cielo vivirán con nosotros esta estación compartiendo nuestra agua, nuestra carne y nuestro pescado. Les hemos ofrecido lo que tenemos, que, como veis, cuelga de los árboles. También les daremos vuestra sal y vuestras mantas, porque no las precisamos. Si queréis nuestras pieles, no tenéis más que descolgarlas de las ramas.

El jefe tonkawa, seguido por sus guerreros, atravesó el grupo de los crow y se acercó a la entrada del bosque.

En un árbol, sobre una plataforma, se veía instalado un tipi con la puerta abierta. De su interior ascendía una columna de humo procedente de una vasija en la que se quemaba musgo impregnado en resina. En las ramas de los árboles colgaban pieles de oso, de alce y de conejo, mantas y vestidos, plumas y pipas, casi todas las pertenencias de los crow.

A distancia, pieles y vestidos parecían nuevos. Y de las ramas pendían cientos de paquetes que no eran más que cortezas de abedul rellenas de hojas y pintadas para que parecieran rollos de carne y de pescado secos.

Los tonkawas no sabían qué pensar.

Si se negaban a dejar la sal y las mantas, los Hijos del Cielo podrían sentirse ofendidos.

También se ofenderían si descolgaban de los árboles las pieles y provisiones que ahora eran propiedad de los Hijos del Cielo.

El jefe tonkawa, y alguno de sus hombres, se preguntaba si aquello no sería más que una trampa.

A un gesto del jefe, los tonkawas se retiraron a deliberar. Los crow sintieron temor. Si un guerrero descolgaba un rollo de abedul o algunas pieles, no tardarían en darse cuenta del engaño y, entonces, a saber cuál sería su venganza.

Al cabo del tiempo, el jefe tonkawa dijo a Trueno de Fuego:

–Para nosotros es un honor dejar nuestros bienes a los Hijos del Cielo. Pero no tocaremos vuestros árboles. Seréis vosotros los que nos ofrezcáis un precio razonable, tomando aquello que no ofenda a los dioses pero que contente a nuestro pueblo.

Los crow se estremecieron pensando que su estratagema no había funcionado. También se sobrecogió Abeto Floreciente, y su hijo, colgado a su espalda, pareció contagiarse de ese temor.

Ojo de Nube se rebulló. Se puso en pie en el

saco, asomó la cabeza por encima del hombro de su madre, pareció mirar al jefe tonkawa, abrió los ojos...

Y en pocos segundos, entre los tonkawa se extendió un grito que era una mezcla de miedo y admiración.

Esos ojos... tan blancos como si las nubes o la nieve hubieran quedado encerrados entre sus párpados...

Aquello no podía ser más que un aviso de los Hijos del Cielo.

Los tonkawas retrocedieron aterrados, bajaron hacia la ribera, tomaron sus canoas y ascendieron contra corriente, río arriba.

9

El viejo Pequeño Halcón

Al final del verano los días eran más cortos y el amanecer lo cubría todo con un manto de escarcha. Cuando en el río aparecieron los primeros hielos, los crow supieron que era el momento de partir. El hielo siempre venía acompañado por la Quinta Luna en la Montaña.

La fiesta en que agradecieron al Gran Espíritu lo que habían recibido fue muy especial. El río había ofrecido peces; el bosque, su leña; y los animales que vivían en él se habían dejado cazar.

Además, los tonkawas no habían vuelto a aparecer por allí. Esta vez, la tribu crow no tuvo duda de que Ojo de Nube los había asustado, quizá pensando que era uno de los Hijos del Cielo.

Tres mujeres embarazadas parieron en un intervalo de pocos días. Dos niños y una niña más, que se añadían al poblado y que en el momento de partir ya tenían sus almas.

Ojo de Nube se sostenía en pie, pero apenas había dado algún paso. Prefería pasar las horas sentado o tumbado, muy quieto, como si escuchara los sonidos que había a su alrededor.

O jugueteando con algún objeto que le dejaban su madre y sus hermanas, que el niño lamía, chupaba, acariciaba con las manos o hacía sonar, sacudiéndolo o golpeándolo.

Su madre procuraba acercarle a lugares donde pudiera oír las voces y las risas de otros chicos. A veces conseguía que un niño se dejara acariciar el rostro por las manitas de su hijo, mientras Abeto Floreciente le explicaba cómo se llamaba y a qué jugaba.

Pero la abuela Luz Dorada estaba cada vez más preocupada. Pensaba que a medida que crecía, se enfrentaba a más peligros.

Peligros que Abeto Floreciente trataba de alejar siendo sus ojos, sus oídos, su boca y su nariz:

–Hace mucho, cuando solo el Águila gobernaba sobre la tierra, todas las plantas y todos los animales tenían sabor dulce. Pero cuando la Serpiente se enfrentó al Águila y gobernó sobre la mitad de la tierra, puso en ella animales y plantas de sabor amargo, que tienen parte del veneno de sus dientes, así que debes tener cuidado con las cosas que saben amargas...

Cuando el jefe Trueno de Fuego dio la orden de partir, la caravana se puso en movimiento. Todos volvieron la vista hacia el tipi que seguía colgado de los árboles. Pronto sería cubierto por la nieve y pasaría desapercibido en el paisaje.

Arco Certero y Abeto Floreciente se turnaban para llevar a Ojo de Nube. Otros niños de su edad viajaban en las rastras o caminaban de la mano de sus padres al menos algún trecho, pero el niño ciego necesitaba que lo cargaran encima.

El cuidado de los recién nacidos hizo el camino más lento de lo habitual. El joven Viento Rojo se torció un tobillo mientras trepaba a una roca. Y el viejo Pequeño Halcón se empeñó en regresar, pues decía haber olvidado el talismán que guardaba en su bolsa de medicina. Una noche, cuando todos dormían, se levantó y emprendió el camino de regreso, pero fue encontrado a las pocas horas y llevado de vuelta mientras gemía:

–Moriré, moriré sin mi talismán antes de llegar a las praderas. ¡Y vosotros seréis los responsables!

Unos tomaban a broma las quejas de Pequeño Halcón, pero otros pensaban que un indio no podía viajar sin su talismán. Tanto insistió en regresar que Mano Amarilla y Alce Veloz se ofrecieron a volver a buscarlo cuando llegaron a la Garganta del Ciervo, aunque al preguntar al viejo qué había olvidado se convencieron de que había perdido el juicio:

–Una joven. Dejé junto al río a una muchachita que me habría cuidado lo que me queda de vida. Traedla, por favor, y os lo tendré en cuenta cuando esté cazando en los campos del Cielo.

Tras veinte días de viaje, en el que Trueno de Fuego se hastió mil veces de niños, adolescentes y ancianos, llegaron a las praderas donde pasarían desde el otoño a la primavera, allá donde el sol era benigno y las nieves nunca llegaban.

Los crow dieron gracias al Gran Espíritu por haberlos conducido de nuevo a sus tierras. Y esperaron que la Madre-que-da-la-Vida fuera generosa con ellos otra estación más.

Dos días después, con los tipis ya asentados, las ocupaciones de los crow fueron las mismas de siempre: las que habían tenido sus antepasados, y los abuelos de sus antepasados.

La abuela Luz Dorada se volvió cada vez más silenciosa y huraña. Veía con envidia cómo otras madres y abuelas criaban a sus hijos y nietos como niños sin problemas, mientras ella y su hija tenían que cargar con un muchacho ciego.

Pero Abeto Floreciente no sentía ninguna pesadumbre por Ojo de Nube. Estaba secretamente convencida de que su hijo podría ver el mundo a través de sus ojos y sus palabras, y seguía hablándole mientras realizaba sus faenas a la puerta del tipi:

–Pequeño Halcón es menudo y ya no tiene ningún diente, así que su hija debe masticarle la carne para darle de comer. No creo que viva hasta el verano porque su cabeza ya no distingue dónde están el este y el oeste. Hoy le han encontrado en el sembrado con el arpón, diciendo que iba a pescar unas mazorcas de maíz.

Mientras le hablaba, la madre dibujaba en el pecho de su hijo los puntos cardinales, trazaba la trayectoria del sol, situaba las montañas o le explicaba el recorrido que hacía su padre desde el campamento hasta los territorios de caza.

Abeto Floreciente estaba decidida a ser incluso más que sus ojos, mostrándole lo que sus manos o su boca no podrían tocar.

Ojo de Nube ya había dejado de producir pequeños ruidos. Sus palabras eran escasas pero precisas, y solo su madre tenía el privilegio de soler escucharlas.

Como cuando, pasado un rato, el niño avisó:

–Montaña Plateada llora.

En efecto, poco más tarde, Agua Oscura apareció llevando a la niña, que gemía porque un avispón había picado su brazo.

Abeto Floreciente no podía explicarse cómo su hijo lo había oído, cuando el bosque estaba al menos a trescientos pasos. Pero se dijo de nuevo que Ojo de Nube sería un muchacho especial.

10
La bolsa de la medicina

Los crow tenían un saquito que llevaban consigo al hacerse hombres o mujeres, tras las ceremonias de iniciación que celebraban al cumplir los quince años.

Lo llamaban la bolsa de la medicina.

En él guardaban algunos objetos personales: la pipa en el caso de los hombres y una cuchilla afilada o un punzón en el caso de las mujeres. Además, ponían dentro sus pinturas y talismanes, que podían ser una concha, un diente de una fiera, una astilla quemada por el rayo, una pluma, una punta de flecha...

Cada adolescente debía cazar un animal para fabricar su bolsa: un pájaro, una rana, un armiño, un conejo, un lince... Después de curtir, coser y decorar la bolsa, que llevaría toda su vida atada al cuello, podía comenzar la ceremonia de iniciación.

Esa estación eran dos muchachas y un muchacho quienes debían convertirse en adultos.

Chicos y chicas, desde niños, debían aprender a coser, a reconocer frutos y raíces, a interpretar huellas de animales, a buscar los palos adecuados para levantar un tipi, a curtir pieles, a conservar la carne de los animales cazados y pescados y a hacer, en definitiva, todo lo necesario para garantizar la vida de la tribu.

Luz Dorada pensaba que su nieto nunca sería guerrero, cazador, explorador ni hombre-medicina. Jamás llegaría a jefe, y ni siquiera podría disparar el arco en la dirección adecuada.

Quizá incluso nunca se convertiría en un verdadero hombre.

Mientras Cumbre Nevada, la hija de Osa Negra, poco menor que él, daba sus primeros pasos entre los tipis o iba con su madre de la mano al bosque, su nieto permanecía a la puerta de su casa, o debía ser llevado en brazos por su madre.

Ojo de Nube nunca lloraba, ni siquiera cuando la sed o el hambre, el frío o el calor le hacían sentir incómodo.

Durante horas se quedaba sentado, quieto, girando levemente la cabeza en dirección a los sonidos que llegaban hasta él. A veces, Abeto Floreciente le oía algunas palabras enigmáticas:

–Las noches frías, las piedras gritan.

Al principio se extrañaba, pero pronto aprendió que ella también podía escuchar a través del oído de su hijo, mientras este conocía el mundo por medio de los ojos de su madre.

Llevaban seis lunas en las praderas cuando tuvieron lugar las Fiestas de Iniciación. Las chicas debían pasar cinco días en el bosque, mientras el muchacho debía cruzar la llanura y llegar a Mano Elevada, a tres jornadas de camino de allí.

A un crow solitario le acechaban muchos peligros. Y más si era adolescente. Eran pruebas difíciles, pero todo indio debía demostrar su valor y no ser una carga para la tribu.

Las chicas partieron acompañadas por cuatro mujeres. Solo llevaban un cuchillo corto. Al llegar al corazón del bosque, les vendaron los ojos y caminaron con ellas hasta un lugar apartado. La prueba consistía no en encontrar el camino de vuelta, algo que resultaría sencillo siguiendo las pisadas de las mujeres y el viaje del sol, sino en no salir del bosque durante esos cinco días.

Una de las mujeres dijo a las chicas:

–Que el Gran Espíritu os proteja y os permita volver.

El muchacho fue con Alce Veloz hasta mitad de la llanura. Debía seguir solo, subir a Mano Elevada, buscar en la cima la punta de un cuerno de alce escondido semanas atrás por los cazadores y regresar. Iba armado con un puñal, un arco y diez flechas. En su camino debía hallar agua o resistir la sed, buscar comida o soportar el hambre, evitar peligros o sucumbir a ellos.

Alce Veloz dijo al muchacho:

–Que el Gran Espíritu te proteja y te permita volver.

Al día siguiente de la partida de los adolescentes, Ojo de Nube se puso en pie. Su madre Abeto Floreciente y su abuela Luz Dorada vigilaron que no cayera, pero el niño fue muy cauto. Adelantaba los pies con cuidado, como si quisiera notar bajo sus mocasines la diferencia entre el terreno liso y el diferente grosor de las piedras más pequeñas y de las más grandes.

Durante la primera mañana exploró una ínfima parte del mundo que había a su alrededor, apenas un círculo que tenía como diámetro la altura de un hombre.

Se cayó en tres ocasiones, pero Abeto Floreciente impidió a Luz Dorada que le ayudara a levantarse. Ojo de Nube no se quejó en ninguna ocasión y se alzó por sí mismo.

A la mañana siguiente, su madre lo condujo a un terreno algo inclinado y el niño realizó la misma exploración.

Y a la otra lo llevó a un lugar pedregoso, que Ojo de Nube exploró a gatas, palpando el tamaño y la forma de cada piedra.

Y así, cada día en un lugar diferente, el pequeño ciego crow fue conociendo diminutos trozos del mundo que le rodeaba.

Cuando llegó el sexto día, las dos chicas salieron del bosque. Venían desgreñadas y traían los pies llagados y los labios hinchados por la sed, aunque el Gran Espíritu las había ayudado a volver.

Pero cuando llegó el octavo día no había ni rastro del chico. Sus padres dirigían su mirada cada poco tiempo en dirección a la pradera, donde no se veía cruzar ningún ser humano.

Ni siquiera Conejo Loco, que tenía una vista muy aguda, pudo encontrar una figura humana entre el poblado y Mano Elevada.

Transcurrió un día más. Los exploradores hacían planes para seguir las huellas del muchacho cuando Ojo de Nube afirmó:

–Vendrá por donde se pone el sol.

Eso resultaba absurdo. Mano Elevada estaba hacia el sur y nadie realizaría un rodeo tan grande para volver al poblado.

La única persona que miraba hacia el oeste era la madre de Ojo de Nube, segura de que su hijo se basaba en algún signo que pasaba desapercibido a los demás para anunciar la llegada del muchacho.

Al noveno día, Conejo Loco dirigió su vista hacia la meseta donde se ponía el sol, siguiendo las indicaciones de Abeto Floreciente. Y gritó:

–¡Es él! ¡Es el chico!

11
Dientes afilados

ALREDEDOR de la tribu crow había otros muchos grupos de indios. Algunos eran belicosos y vivían de la guerra o del saqueo; otros se dedicaban a la caza, a la recolección o al comercio.

El grupo de crow ahora dirigido por Trueno de Fuego había emigrado hacía muchos años hacia el Norte, huyendo de batallas que habían enfrentado a otros crow con apaches o lakotas.

Hacía muchas estaciones que en esas llanuras no se producían disputas. Había tierra para todos y el Gran Espíritu velaba para que cada poblado tuviera plantas, animales y agua para subsistir.

Pero lo que contaba el joven resultaba intranquilizador:

–Al sur de Mano Elevada hay un grupo osage, con sus grandes casas. Mientras ascendía a la cima vi cómo su poblado era asediado por una docena de guerreros. Una de sus casas ardió y debió haber algún muerto. La partida de guerra continuó al pie de Mano Elevada y no me atreví a bajar, así que describí un arco para que no me viesen; no quería guiarlos hacia nuestro poblado.

La tribu celebró la iniciación de los tres adolescentes, que se convirtieron en hombres y mujeres y colgaron al cuello las bolsas con sus posesiones y talismanes, que a partir de ese día serían su protección y contendrían parte de sus espíritus.

Pero no fue una celebración feliz, porque las arañas de la preocupación royeron los pensamientos de la tribu crow.

Sus antepasados habían huido de la guerra y ellos tampoco la querían. Sabían que la guerra solo agradaba al espíritu de la Serpiente, pero no al espíritu del Águila.

Faltaba poco para que la séptima luna marcase el fin de la estación de las praderas. Antes de partir, Trueno de Fuego pidió a Cabello Largo que realizase la Ceremonia de los Espíritus.

Cabello Largo se encerró tres días y ayunó, sometiéndose a los baños de vapor con los que los indios realizaban su purificación. La noche del cuarto día, mientras tambores y sonajas cantaban, Cabello Largo sacó de su bolsa las piedras sagradas y las arrojó por encima del fuego al otro lado de la hoguera.

Los tambores callaron mientras el hombre-medicina observaba la forma en que habían quedado dispersas. Luego las tomó y volvió a arrojarlas al otro lado del fuego. Al cabo del rato, habló:

–No habrá guerra y los espíritus están de nuestra parte, pero el polluelo del Águila caerá del cielo abatido por un rayo.

Mientras esto sucedía, Ojo de Nube seguía explorando el mundo bajo la mirada atenta de su madre. Ya sabía que el suelo estaba lleno de peligros duros que se interponían entre un paso y otro paso, a los que los humanos daban el nombre de piedras. Sabía que los pies podían hundirse en las bocas abiertas del suelo, a las que los humanos daban el nombre de hoyos. Y que a veces no se podía caminar en línea recta porque se tropezaba con personas y con lo que las personas llamaban tipis, que eran lugares donde no se sentían ni el viento ni el calor ni el frío.

Había aprendido otras muchas cosas, una lista interminable: que el aire podía ser helado o cálido; que los arrendajos cantaban de un modo distinto por la mañana y por la noche; que los escarabajos tenían un sabor amargo y no debían ser mordidos...

Abeto Floreciente seguía siendo sus ojos, mostrándole cosas que resultaban incluso invisibles para los demás:

–Hijo mío: el polluelo del águila nos habla de tiempos que han de llegar, quizá cuando tú seas mayor. Es posible que te acechen peligros que ni Arco Certero ni yo te podamos evitar.

Llegó el momento de partir y la tribu recogió sus pertenencias. La Madre-que-da-la-Vida había vuelto a ser espléndida con ellos, así que cargaron en las rastras varios sacos con granos de maíz, tres docenas de pieles de bisonte, otras muchas de conejo, pedernales para prender fuego, vasijas con moras, miel, resinas... Lo suficiente para el camino e incluso para las primeras semanas en las montañas, antes de que estas quisieran ofrecer sus frutos.

E incluso lo necesario para comerciar con los tonkawas.

Ojo de Nube pesaba demasiado para las frágiles espaldas de Abeto Floreciente, así que en muchas ocasiones era llevado por su padre, Arco Certero. Pero en una ocasión lo dejó sobre los sacos de maíz de una de las rastras, y comprobó que el niño tenía una inusual capacidad para mantener el equilibrio.

Mientras los demás niños debían ir sujetándose a las cuerdas, Ojo de Nube se dejaba llevar por el vaivén, compensando con ligeros movimientos de su cuerpo el traqueteo de los palos sobre el suelo. Así que Abeto Floreciente caminaba a su lado, cargada con las mochilas que solían llevar otras mujeres indias.

Una mañana, Ojo de Nube susurró a su madre:

–¡Dientes afilados!

Abeto Floreciente avisó con un grito a los demás:

–¡Cuidado! Puede haber pumas por aquí.

Los cazadores prepararon sus armas y el grupo se detuvo. Ojo de Nube señaló con el dedo hacia una roca y Arco Certero se dirigió hacia allí. Colocó una flecha en su arma y, con gestos, indicó a tres hombres que rodearan una peña. Estos, lanza en ristre, comenzaron a subir. Aparecieron varios lobos grises. El que parecía el jefe de la manada se lanzó hacia un hombre, pero una flecha se clavó en su lomo en pleno salto. Al sentir sus aullidos de dolor, los demás animales huyeron despavoridos.

El cuerpo aún caliente del lobo se colocó en la misma rastra en que viajaba Ojo de Nube, y durante un rato el niño aprendió cómo la vida y el calor se escapaban de un ser vivo.

Abeto Floreciente se sintió feliz al comprobar que los ojos de su hijo veían lo que no podían ver los ojos de los demás. Cuando Luz Dorada quiso saber cómo su hija había detectado la presencia de los lobos y Abeto Floreciente se lo explicó, por primera vez la abuela sonrió a su hija, mirando hacia su nieto.

12
La Voz

Según los indios, el mundo había sido creado mucho antes que las personas. Pero las personas tenían Voz, y por ello podían comunicarse con el Gran Espíritu.

Ante el Gran Espíritu, el hombre era una pequeña cosa.

Y el tiempo para el hombre importaba poco. No había apenas forma de medirlo. «De las nieves a las nieves», decía un indio a otro cuando quería señalar el paso de un año. «De una luna a otra luna», si debía señalar el paso de un mes.

El poblado crow se preparó para vivir en las montañas otra estación. Nada más llegar, comprobaron que el tipi que dejaron colgado en los árboles seguía allí, aunque con la pintura descolorida, y que en su interior había anidado una bandada de palomas torcaces, signo que consideraron de buen agüero.

A salvo de los calores que hacían insoportable el verano en la pradera, los crow se bañaban y pescaban en el río, paseaban y recolectaban en el bosque, cazaban entre la maleza y en los riscos de las montañas... Y, por las noches, se entretenían en sus conversaciones y en sus fiestas, sobre todo en las de luna llena.

Cada cual seguía su vida, con sus momentos dulces y con sus momentos más amargos.

Por ejemplo, el viejo Pequeño Halcón volvió a su estado de niño y había que vigilarle para que no se subiese a los árboles.

Por ejemplo, Luna Roja, la hija de Alce Veloz, tenía ruidos en el pecho que preocupaban a sus padres y al hombre-medicina.

Por ejemplo, Perro Rastreador se había convertido en un experto constructor de arcos, utilizando tendones de bisonte.

Por ejemplo, Cierva Blanca, con solo siete años, desarrolló la rara habilidad de pescar en el río utilizando solo sus manos.

Y Abeto Floreciente seguía siendo los ojos de su hijo, que crecía explorando a porciones el mundo que le rodeaba. Cuando le llevaba al bosque, el niño pasaba la mañana, por ejemplo, palpando la parte baja de un árbol, tocando con las yemas de sus dedos la corteza, los huecos en que viven insectos, las raíces que sobresalen de la tierra, los hongos y líquenes adheridos al tronco... Y no solo tocaba, sino que olía, escuchaba y saboreaba.

Cualquier oportunidad era buena para que Ojo de Nube supiera cosas de un mundo que sus ojos no podrían nunca contemplar. Mientras limpiaba un pescado para asarlo en las brasas, su madre aprovechaba para explicarle:

–La bilis de este pez es venenosa si toca la sangre. Mezclada con la savia del árbol de hoja plateada, se mantiene viva mucho tiempo y tu padre puede utilizarla en sus flechas...

Si le contaba leyendas o le cantaba canciones, Ojo de Nube escuchaba atento, con la cabeza agachada y los dedos enlazados. De tarde en tarde, pronunciaba palabras que asombraban a su madre:

–A Conejo Loco le duele la pierna; mañana hará mucho frío.

O:

–La pequeña Luna Roja está muy enferma y el hombre-medicina no puede hacer nada por ella.

Abeto Floreciente se estremecía al pensar en cómo era posible que su hijo supiera esas cosas. Porque, en efecto, al día siguiente un aire helado llegó al bosque y se quedó tres días haciendo tiritar a los crow. Durante ese tiempo, la tos de Luna Roja se hizo más grave y oscura, y la pequeña falleció al cuarto día.

Los tonkawa acudieron a negociar, mostrando su admiración porque el tipi de los Hijos del Cielo, ahora repintado, albergara una bandada de aves que parecía vivir en buena armonía con los crow. En esa ocasión, el precio de las mantas y de la sal fue más razonable que en estaciones anteriores.

La muerte de Luna Roja se vio compensada con el nacimiento de otra niña; Pequeño Halcón adoptó como hijo a un muñeco; algunos cazadores añadieron una pluma más a su tocado; Luz Dorada pensaba que su nieto iba a ser menos inválido de lo que creyó; Trueno de Fuego siguió gobernando con sabiduría los asuntos de su tribu...

Transcurridas cinco lunas, el grupo emprendió el camino de vuelta a las llanuras, y al llegar dieron gracias al Gran Espíritu porque sus tierras no hubiesen sido ocupadas ni su tótem hubiera sido dañado por el rayo ni por seres humanos.

Ojo de Nube aprendió mucho durante esa estación en las praderas. Otros niños de su edad ya perseguían pájaros y buscaban escarabajos bajo las piedras con la ayuda de un palo; o llevaban a sus padres o hermanos mayores algún encargo; o se perseguían y peleaban sobre la hierba.

Comparados con ellos, Ojo de Nube parecía un inválido.

Sin embargo, Ojo de Nube seguía explorando el suelo con un detalle que nadie hubiera podido sospechar. Tocaba con sus pies y con sus manos las piedras, las raíces, el polvo y, cuando se ponían a mano, los bichos que corrían por la tierra o se escondían en diminutos agujeros.

Cuando estaba sentado a la sombra de su tipi, escuchaba las voces de las personas y de los pájaros.

Y en ocasiones, se tumbaba en el suelo para escuchar los oscuros sonidos que transmitía la tierra de un lugar a otro del mundo. Sonidos entre los que estaban las pisadas humanas, los susurros de lagartos o el golpeteo de los cascos de los bisontes.

Ningún incidente pareció turbar la paz en las praderas. Si era cierto lo que decía el joven que ascendió a Mano Elevada, ese ataque de los indios no parecía más que un incidente aislado.

Tal vez, los osage habían provocado a sus atacantes y lo que había sucedido era un acto de justicia.

Al final de esa estación, los crow, hombres, mujeres y niños, partieron una vez más hacia las montañas.

Ojo de Nube fue andando, atado por la cintura a la cintura de su madre, a quien seguía los pasos a corta distancia.

13

¡He visto monstruos!

Los indios solían buscar esposa en tribus diferentes de la suya. Lo normal era que un indio, llegada la edad de casarse, visitara las poblaciones cercanas y se presentara como un posible marido a los padres de las jóvenes indias.

Si el joven era fuerte, iba bien vestido, demostraba maneras elegantes y era al tiempo un valeroso cazador, o sabía construir arcos, o perseguir huellas, era considerado un buen pretendiente.

Si la joven era limpia, cocinaba bien la carne y el pescado, sabía preparar conservas, distinguía frutos, hierbas y raíces, y parecía fuerte para parir hijos, era considerada una buena pretendiente.

Seis años más tarde del ataque a los osage, los crow estaban de nuevo en las praderas. Durante esos seis años habían ocurrido muchas cosas, unas rutinarias y otras no tanto.

Trueno de Fuego continuaba siendo el jefe del poblado y un hombre juicioso y valeroso.

Pequeño Halcón, pese a ser el más anciano de la tribu y haber perdido el juicio, había soportado con vida seis inviernos. Pero la muerte se había llevado a una mujer, a un hombre y a una chica.

Algunos jóvenes habían partido a buscar esposas.

Y al poblado habían llegado dos jóvenes indios, que adoptaron las costumbres crow y se casaron con dos jóvenes indias.

Abeto Floreciente y Arco Certero habían tenido otra hija, a la que llamaban Flor Azul, que estaba a punto de cumplir tres años. Su abuela Luz Dorada, cada año un poco más encorvada, paseaba orgullosa con su nieta por todas partes.

Ojo de Nube tenía casi nueve años.

A los nueve años, un joven crow ya sabía seguir huellas, tensar el arco y arrojar la lanza o el arpón. Desollaba conejos y sabía tajar la carne de un venado. Se había peleado cientos de veces con chicos de su edad para practicar la lucha y mantener su cuerpo flexible. Subía a los árboles para robar nidos y cazaba al acecho lagartos y pequeños pájaros. Distinguía las serpientes venenosas y evitaba las piedras donde se escondía el alacrán...

Ojo de Nube no sabía hacer ninguna de estas cosas.

Pero había aprendido otras diferentes.

Permanecía inmóvil y silencioso en la superficie del río, asomando solo las ventanas de su nariz, y dejaba que los peces se le acercasen a lamer su cuerpo.

Identificaba la voz de todos los miembros de su poblado y conocía los sonidos de sus pasos, a partir de los cuales podía distinguir su estado de humor o su cansancio.

Imitaba el canto de decenas de aves nocturnas y diurnas, y a veces, mientras silbaba, un pájaro en vuelo daba un quiebro en el aire y pasaba cerca de su cabeza o se posaba en su mano, que le ofrecía algunos granos de semillas.

Los niños de su edad no jugaban con él, pero le respetaban y no dejaban de admirar que percibiera cosas que ellos no sabían ver con sus ojos bien abiertos. Por ejemplo, a veces le decían:

–Nos gustaría encontrar a Alce Veloz.

Y él respondía con cierto humor:

–No le he visto, pero está en el tipi de Llanura Fértil y acaba de desollar un conejo.

Arco Certero estaba orgulloso de su hijo, aun sabiendo que nunca tensaría el arco ni arrojaría la lanza. Ojo de Nube ayudaba a los cazadores a buscar las presas. Escuchaba la tierra y olfateaba el aire hasta encontrar la procedencia exacta de los rebaños que pastaban en la praderas o que triscaban por el monte. Al cabo de un rato, decía a los hombres, señalando una dirección:

–Por allí. Un rebaño de al menos veinte bisontes.

Abeto Floreciente también se sentía feliz con Ojo de Nube porque sabía que, aunque tuviera dificultades, poseía cualidades que le hacían valioso en el poblado. Y además sabía que Arco Certero no se avergonzaba por tener un hijo ciego. También se sentía orgullosa de que, en la calidez del tipi, muchas noches el cazador dijera a su mujer mientras la abrazaba:

–Has cumplido lo que me prometiste. Has sido sus ojos.

La vida en la estación de las llanuras seguía su curso.

Pero, una tarde, la calma en la pradera se rompió.

Una partida de caza acababa de abatir un bisonte y estaba descuartizándolo con sus cuchillos, cuando oyeron a lo lejos varios truenos secos. Los cinco hombres alzaron la vista al cielo, aunque estaba totalmente despejado.

También lo oyó a distancia Ojo de Nube, que sabía que el cielo estaba claro, y pensó en antiguas historias contadas por los abuelos de los antepasados, que hablaban de estrellas que caen al suelo con un ruido sordo. Pero él supo que ese trueno procedía de la tierra, y no del cielo. Y que no era un buen presagio.

Los cazadores, intrigados por la procedencia de los ruidos, pensando que tal vez un rayo hubiera caído en un lugar próximo y existiera peligro de que se incendiaran los pastos, abandonaron a su presa y ascendieron hasta un repecho.

Y lo que vieron les dejó asombrados.

Durante un rato observaron aquel extraño fenómeno. Al poco se oyeron varios truenos más, con lo que el asombro se transformó en pánico y huyeron en silencio de allí.

A toda prisa, volvieron junto al bisonte, acabaron de despellejar el animal y cargaron a la espalda las piezas de carne más valiosas, dejando el resto a los buitres y a los arrendajos.

A la carrera, agotados, llegaron hasta el poblado. Sus gritos alarmaron a toda la población crow. Después de colgar la carne y recobrar el aliento, comenzaron a contar:

–Son monstruos. ¡Hemos visto a unos monstruos!

–No son monstruos. ¡Deben de ser dioses!

El jefe Trueno de Fuego impuso la calma. Escuchó las alarmadas voces de los cazadores y reunió al poblado en el Círculo Sagrado, después de la cena, al calor de las hogueras.

Todos tenían derecho a conocer la noticia y saber si eso, fuera lo que fuera, representaba algún peligro.

14
Venganza en las praderas

Cuando el Gran Espíritu creó el mundo, puso en la tierra a todos los animales y, al final, a los hombres.

Todos los animales, los grandes y los menudos, los que volaban por el aire, corrían por la tierra o nadaban en el agua, eran conocidos por los hombres, y tenían un nombre.

En épocas muy, muy remotas, los primeros pobladores del continente habían llegado allí con sus caballos, pero esos animales habían desaparecido muchísimas generaciones atrás. De ellos, nadie conservaba memoria.

Esos indios jamás habían visto un caballo, un animal que fue vuelto a llevar al continente primero por los conquistadores españoles y luego por exploradores de otras tierras.

Por eso, cuando los cazadores vieron un caballo, con su jinete encima, pensaron que los dioses habían debido bajar a la tierra para regalar a los hombres un animal nuevo. Y ellos no se habían enterado, algo que resultaba muy extraño.

Tampoco habían visto nunca fusiles, ni conocían sus efectos.

Lo que los cazadores habían visto y oído en Pradera Amarilla les llenaba de confusión, porque no sabían cómo interpretarlo. Así lo contaban al resto de miembros del poblado:

–Es un animal fuerte como un bisonte y ágil como un venado, capaz de mantener en equilibrio a un hombre sobre su espalda.

–No son dos animales, sino un monstruo: hombres de cuatro patas y dos cabezas. Ningún animal consiente que un hombre suba sobre él y lo domine porque eso sería contrario al Gran Espíritu, que habla de que todos los animales son libres.

–Esos hombres llevan lanzas que arrojan humo por la punta y producen un ruido como un trueno.

–Y cuando suena el trueno y brota el humo,

los bisontes caen fulminados, como si les clavaran un cuchillo en el corazón.

–Son cazadores temibles, porque persiguen a los bisontes y los matan desde lejos, solo con los ruidos de sus lanzas.

–Muchos deben ser, cuando en la pradera había al menos diez bisontes muertos. Y mientras veníamos oímos más truenos...

Los crow estaban impresionados tratando de imaginar esa tribu. Si a ellos les bastaba la carne de un bisonte durante una semana, había que suponer que el poblado que llegaba a Pradera Amarilla debía ser muy numeroso, si necesitaban cazar en un día más de diez bisontes. Quizá veinte...

Ojo de Nube escuchaba las noticias con atención. Él había tocado lanzas, flechas, lobos, venados, alces y bisontes muertos, y no le cabía en la cabeza que un humano pudiera montar sobre esos animales. Sabía que el humo estaba relacionado con el fuego... No había forma de encajar lo que decían los cazadores y tenía la sensación de que se enfrentaba a un gran misterio.

Los otros chicos veían además a los cazadores describir con gestos a ese extraño ser, con los hombres en sus lomos. ¡Ojalá alguno dibujara en algún tipi esas escenas, que solían pintarse en los grandes acontecimientos! Y, sobre todo, les gustaría ver a esos animales, si eran tan terribles como parecían.

Trueno de Fuego y los hombres se quedaron alrededor de la hoguera cuando las mujeres y los niños se marcharon.

La voz del jefe parecía muy preocupada:

–Tal vez esa tribu esté de paso. Deben saber que estas son tierras de los crow, que junto a Mano Elevada están los osage y que al este hay tierras vírgenes. Pero si son tantos como parece, quizá haya que compartir esta temporada el agua y la caza.

Cabello Largo intervino:

–Yo quiero hablar con su hombre-medicina. Nunca he oído contar historias de lanzas con humo que derriban a los bisontes. Debe ser alguna clase de magia que deberíamos conocer.

Arco Certero recordó:

–Acordaos de que hace años un grupo de guerreros atacó a los osage. Puede que sean los mismos. Aunque Pluma Larga no dijo nada de esos extraños animales ni de sus lanzas de trueno.

Acordaron que, a la mañana siguiente, el grupo de cazadores se acercaría a Pradera Amarilla para observar a esa tribu.

Los crow partieron antes del amanecer. Caminaron a paso ligero hacia la llanura. Se movían en silencio, ocultándose de vez en cuando entre los arbustos. Habituados a acechar a sus presas, se pegaban al suelo y se confundían con el paisaje en cuanto oían el más mínimo sonido.

Llegaron al lugar en que habían cazado su bisonte y subieron a la loma desde la que divisaron a los hombres-animal. Comenzaba a clarear y la escena les resultó de una brutalidad incomprensible.

No había rastro de los hombres-animal. En la pradera vieron los cadáveres de unos treinta bisontes, despellejados y a merced de las aves de rapiña.

Cuervo Blanco ordenó con gestos a dos cazadores que ascendieran hacia otro cerro, desde donde podían otear más lejos. E hizo la señal del mirlo, que era el animal que debían imitar en caso de que hubiese algún peligro.

Cuando los vigías indicaron que el terreno estaba despejado, Cuervo Blanco, Arco Certero y Lobo Gris bajaron a observar desde cerca. Y lo que vieron hizo brotar las lágrimas de sus ojos.

Los cadáveres de los bisontes estaban esparcidos por todas partes, con sus tripas hinchadas. Ni siquiera les habían cerrado los ojos antes de despellejarlos, y era casi seguro que no les habrían dado las gracias antes de tomar su piel.

Ni uno solo había sido despedazado para tomar su carne.

Aquello era una matanza nunca vista en las praderas.

Cuando los cazadores volvieron al poblado y contaron lo que habían visto, un sentimiento de temor se extendió entre los crow. ¡Treinta bisontes muertos sin motivo! Era seguro que el Gran Espíritu y la Madre-que-da-la-Vida estarían enfurecidos. Y su venganza podía alcanzar a todos los pobladores de las llanuras.

15
Glooskap y Malsum

Glooskap y Malsum eran hermanos gemelos. La madre murió en el parto y Glooskap, con su cuerpo, fabricó el Sol y la Luna, los ríos, los peces, los animales y la raza humana. El malvado Malsum creó las montañas, las serpientes, los alacranes y todo lo que era una desventaja para la raza de los hombres.

Para defenderse de las amenazas creadas por su hermano, Glooskap entregó a los humanos los secretos del fuego y les enseñó a construir arcos, lanzas y redes.

Eso recordaba Ojo de Nube por la noche en la reunión.

Pero ninguna leyenda hablaba de lanzas-detrueno. Ni de animales que se dejaran montar por los humanos.

Y Ojo de Nube pensaba que, una de dos: o Glooskap había entregado a algunos humanos un arma muy poderosa, o era Malsum el que había fabricado esa arma, para exterminar a los animales que su hermano había creado.

Esto último parecía lo más probable. Y además era casi seguro que el animal que montaban esos humanos era tan perverso como las serpientes venenosas o los alacranes, capaces de matar a una persona sabiendo que no la necesitan para comer.

Desde el regreso de los cazadores, cargados con los últimos despojos del bisonte abatido la víspera, el poblado crow se había sentido inquieto con la noticia. Porque aquella masacre de bisontes no podía ser sino el prólogo de una gran desgracia.

Por eso, durante la reunión nocturna no sonaron los tambores, las sonajas ni los palos. El jefe Trueno de Fuego inició la asamblea con lo que quería ser una pregunta a los presentes:

–Faltan aún dos lunas para abandonar las praderas, pero podemos recoger nuestro campamento antes de tiempo...

Una pregunta que dio lugar a opiniones encontradas:

–Sí, sí, vayámonos antes de que sea demasiado tarde...

–Tal vez esos animales no vuelvan a aparecer y sean como una plaga de escorpiones, que desaparece igual que ha venido. Hace años, alguien atacó a los osage y no se le ha vuelto a ver.

–Nunca supimos si lo que contaba Pluma Larga fue cierto. Y se fue a buscar una mujer a otra tribu, así que no puede decirnos si oyó o no las lanzas-de-trueno.

–Sea como sea, no podemos irnos sin saber quiénes son esas tribus. Es posible que si avanzan y nuestras tierras están libres, quieran ocuparlas.

–Pero está nuestro tótem...

–Quien abate treinta bisontes y deja su carne pudriéndose en la llanura puede no respetar un tótem...

La discusión prosiguió hasta que de las hogueras no quedaron más que unas pequeñas brasas. Al final se acordó montar dos partidas de observación, con tres cazadores cada una.

La primera iría con el hombre-medicina a observar de cerca los bisontes muertos, para tratar de entender cómo la magia de un trueno podía acabar con un animal tan poderoso.

La segunda, la más peligrosa, seguiría el rastro del hombre-animal hasta su campamento, estuviese donde estuviese.

92

Los demás se quedarían en el poblado. Dos muchachos montarían guardia por turnos en las colinas cercanas, para avisar en caso de que se acercaran los hombres-animal. De ocurrir tal cosa, todos debían esconderse en el bosque cercano.

El jefe Trueno de Fuego se fue a dormir con la sensación de que estaba conduciendo a sus hombres a algún tipo de guerra. Por un instante se arrepintió de no haber empleado a fondo su poder de convicción para regresar con su pueblo a las montañas. Todos aquellos eran sus hijos, y él debía proteger sus vidas.

En cuanto a Ojo de Nube, apenas pudo dormir.

A juzgar por las toses, murmullos y suspiros que procedían de otros tipis, supo que a otros crow también les costaba conciliar el sueño. Pasado un tiempo, como hacía otras noches, descorrió la puerta de su tienda y salió afuera.

Sabía orientarse por los sonidos de las lechuzas que venían del bosque próximo. Ojo de Nube guardaba en su cabeza un mapa exacto de la posición de las tiendas, que era tan útil para él como la vista para cualquier otro humano en la claridad del día.

El viejo Pequeño Halcón apenas necesitaba dormir un par de horas, por lo que también salía del tipi de su hija por las noches, aunque atado con una larga correa de cuero para evitar que escapase, como ya había hecho en ocasiones.

Ojo de Nube reconoció por su olor al viejo indio.

–El sabio Halcón no ha hablado en la reunión de hoy.

–Ah... Eres El-que-todo-lo-ve... A nadie le interesa la opinión de un viejo chalado. Yo solo quiero morirme en paz.

–Llevas muriéndote seis estaciones y todavía verás muchas nieves. No serás el primero de la tribu en los Campos del Cielo.

–Eso no quiero saberlo, pero sí me interesa saber lo que han visto tus ojos estos días.

El chico permaneció callado un rato y al final dijo:

–Se huele la Muerte.

–Es verdad. Pero tú harás lo posible para engañarla.

–Solo soy un muchacho.

–Y yo un viejo loco que solo quiere morir en paz.

Ojo de Nube soñó esa noche que la Princesa del Cielo le enviaba a buscar al bosque unas hierbas sanadoras para curar a su tribu, enferma de una extraña enfermedad. Pero el bosque estaba cubierto de nieve y caía más nieve aún, de modo que sus dedos no podían encontrar ni una brizna de hierba, ni siquiera una gran roca. Preguntó al ratón, preguntó al conejo, preguntó al alce, preguntó al bisonte, preguntó al oso... Y todos le decían lo mismo: que debía seguir buscando bajo la nieve, aunque sus dedos, sus manos y sus brazos se hundían en ella sin encontrar ni rastro del suelo. Desesperado porque los suyos estaban comenzando a morir, se arrojó de cabeza a la nieve y, entonces sí, mientras parecía ahogarse, encontró las hierbas sanadoras.

Ojo de Nube despertó sudando de su pesadilla.

16
Tiempo de buitres

EL buitre era el animal del cielo más despreciado por los indios. Presagiaba la muerte, se alimentaba de carroña, despedía un olor fétido y era portador de desdichas.

Viejas leyendas contaban que el buitre se había convertido en ave desde un anterior estado de serpiente, después de engañar y devorar a colibríes, arrendajos, loros y gorriones. Cuando hizo lo mismo con la lechuza, que era considerada un animal sagrado, los dioses lo condenaron a vivir eternamente de la carroña.

Al llegar a Pradera Amarilla, los cazadores notaron el hedor de los cadáveres en descomposición. El espectáculo era triste. Aquellos hermosos animales habían sido rajados por los buitres, sus tripas estaban esparcidas por el suelo y bandadas de moscas ennegrecían su carne de color amoratado.

Al acercarse, los buitres huyeron, andando o revoloteando, hacia otros cuerpos más alejados. Los cazadores los espantaron a gritos, y muchos volaron en tenebrosos círculos sobre el cielo.

Para los indios, la caza era hermosa. La persecución era una lucha noble. El animal que entregaba su cuerpo era tratado con devoción. Se le evitaba el dolor mediante una muerte rápida, se lavaba con agua o saliva su frente y se cerraban sus ojos, en señal de respeto. Luego, su piel y su carne eran retiradas limpiamente.

Casi todo él se aprovechaba, y su sangre, su carne y sus vísceras servían de alimento para muchas personas.

Cabello Largo y dos cazadores se quedaron observando los cuerpos, mientras Arco Certero y otros dos siguieron de largo, persiguiendo las huellas de los hombres-animal.

El hombre-medicina se arrodilló ante un bisonte. Estaba claro que sufrió mucho antes de morir, por la expresión de su boca y de sus ojos. Incluso lo habían degollado después de muerto, a juzgar por el escaso charco de sangre que había junto a su cuello.

Cabello Largo no encontró huellas de lanzas ni de flechas en los cuerpos de los animales. Al comienzo pensó que la magia del trueno les había asustado.

Pero cuando uno de los cazadores le dijo que el ruido mataba a unos animales sí y a otros no, y que los primeros caían al suelo como si les hubieran clavado un cuchillo, buscó más atentamente en sus cuerpos. Al descubrir una perforación junto al ojo en un bisonte, dijo a uno de los cazadores:

–Este agujero no puede haberlo hecho un buitre...

–Es de una flecha poderosa, pues ha atravesado el hueso.

–Y luego la arrancaron...

Encontraron otros agujeros en el cuerpo de los bisontes, más visibles en las zonas que no habían sido despellejadas. Y todos parecían hechos por flechas que se clavaban profundamente.

A Cabello Largo le agradó pensar que no había magia.

Aunque eso no explicaba cómo habían disparado las flechas, ni por qué las habían arrancado todas, ni por qué no habían encontrado restos de asta de ninguna de ellas.

El hombre-medicina y los suyos volvieron al poblado.

Entretanto, la partida de exploradores que había salido con Arco Certero seguía unas huellas extrañas, que jamás habían observado. Tenían la forma de un arco muy cerrado y en su interior se veían raras marcas, como de soles o estrellas.

Habituados a seguir rastros, los crow comentaban unos con otros sus descubrimientos:

–Sus pezuñas son muy duras: aquí han roto esta piedra, mira.

–Y son muy pesados: aquí la huella es muy profunda.

–Esas deben ser sus bostas: son comedores de hierba.

Pero fue al llegar junto a un grupo de árboles cuando hicieron el descubrimiento más importante:

–Aquí se detuvieron a descansar. ¡Y hay pisadas humanas, de mocasines muy resistentes!

–Estos hombres solo saben andar con los talones; no me extraña que anden subidos a un animal. Observa esa pisada.

Eso decía Cuervo Blanco, al ver un tacón fuertemente marcado en el suelo.

–A Trueno de Fuego le gustará saber que no son hombres-animal, sino hombres montados a lomos de animales.

Eso decía Arco Certero, pensando que si eran

hombres, y no monstruos, llegarían a un acuerdo sobre los territorios de caza y encontrarían una explicación sobre la matanza de bisontes.

Caía la tarde cuando Conejo Loco silbó a sus compañeros para que se detuvieran. Hizo un gesto señalando una dirección.

De nuevo se oían los truenos que habían escuchado los días anteriores, esta vez más numerosos y frecuentes.

Corrieron agachándose de cuando en cuando entre los arbustos. No conocían ese territorio y desconocían si habría oteadores en las lomas próximas. Caminaban hacia el suroeste y el sol y la carrera les hacían sudar. De repente, los truenos se espaciaron y, al poco, dejaron de escucharse.

Siguieron hasta una escarpadura desde la que se contemplaba un extenso valle. Conejo Loco cerró los ojos para tratar de percibir otro trueno, pero le llegó un rumor distinto, que identificó como balidos de bisontes. Señaló abajo a su derecha.

El camino se hizo abrupto y peligroso, pues bajaban un barranco y el terreno estaba cubierto de piedras sobre las que era fácil resbalar. Los balidos parecían más suaves, aunque también más próximos. Siguieron los sonidos y por fin...

Asomados a una pequeña plataforma, vieron una escena que volvió a dejarlos petrificados.

Un rebaño había sido conducido al fondo de un recodo seco del río. Atrapados en esa trampa, habían perecido bajo las lanzas-de-trueno machos, hembras y crías. Sus cuerpos se veían amontonados y los moribundos lanzaban largos balidos de dolor. Varios hombres vestidos con ropas y gorros extraños, cuchillo en mano, se paseaban sin ningún respeto por encima de sus cadáveres.

17
Los enviados de los otkon

CAZAR animales con las propias manos era el mayor orgullo para un cazador. Confundirse con la maleza, esperar en silencio y lanzarse sobre la presa constituía un arte en el que se ponían en juego la astucia y la agilidad.

Incendiar la pradera o el bosque y causar la dispersión de los animales era de los pocos delitos castigados con la muerte.

Y, por supuesto, jamás se daba caza a hembras preñadas, ni a bisontes jóvenes, ni a las madres que los amamantaban.

Escondidos tras las rocas, los tres cazadores sentían estar asistiendo a una profanación. Se estremecían pensando en la terrible ofensa al Gran

Espíritu, cuya venganza alcanzaría a todos los habitantes de la pradera.

Había al menos cuarenta bisontes moribundos o muertos. También, ocho hombres y otros tantos caballos, aunque los crow aún no tenían nombre para este animal. Los indios vieron que los humanos, si es que aquellos eran seres humanos, se movían entre los cadáveres con despreocupación, algunos llevando en la mano sus extrañas lanzas-de-trueno. Arco Certero hizo un gesto y los cazadores subieron a lo alto de la escarpadura.

En susurros, discutieron lo que debían hacer:

—Debemos irnos. Seguro que son enviados de los *otkon*. Hay que avisar a los nuestros de que corren un grave peligro.

—Pero tenemos que encontrar su poblado, saber quiénes son y conocer si se quedarán en las praderas...

—Conejo Loco: volverás hasta donde están los nuestros y les contarás lo que hemos visto. Nosotros seguiremos adelante. Si a nuestro regreso os habéis ido, nos veremos en las montañas.

Conejo Loco emprendió el viaje hacia el poblado. Estaba a punto de anochecer. Pese a ser un guerrero valeroso, corrió lleno de aprensiones. Tenía la sensación de que, en un instante,

un rayo bajaría del cielo y aniquilaría a quienes habían sido testigos de aquel sacrilegio.

Cuervo Blanco y Arco Certero buscaron un lugar desde el que otear los movimientos de esos salvajes. Vieron encender dos hogueras y dedujeron que acamparían junto al río. No entendían que a esos humanos, si es que lo eran, no se les helara el corazón al oír los gemidos de algunos bisontes, todavía moribundos.

Mientras anochecía, se dispusieron a pasar una noche en vela. Lo habían hecho muchas veces, cuando salían a cazar y acosaban a algún animal, disfrutando al pensar que al siguiente día la presa entregase su espíritu, pero ahora no había lugar para la alegría. Esa vigilancia tenía más que ver con la guerra que con la caza.

En la larga espera, los dos cazadores crow descubrieron otros detalles que hacían a esos hombres aún más enigmáticos:

Vestían ropas extrañas, mocasines altos y unos ridículos gorros sobre sus cabezas, en los que no se veía ninguna pluma.

Hablaban y reían a gritos y en un lenguaje incomprensible, muy distinto del de cualquier tribu india.

No había mujeres entre ellos, lo que demostraba que era una partida de caza, y no un poblado.

Los animales que montaban parecían mansos.

Y no podían asegurarlo, pero a la luz de las hogueras parecía que algunos de esos hombres... ¡tenían cabellos en la cara!

Cuando los gemidos de los bisontes cesaron y los hombres se echaron a dormir, Cuervo Blanco hizo un gesto señalando hacia abajo y a su cuello.

«No», respondió Arco Certero con un gesto. Pensó que si fueran dos crow más, podrían bajar y degollar con sigilo a esos ocho hombres. Pero eran solo dos. Y además, si los mataban no podrían seguirlos hasta su poblado.

El amanecer les deparó otro espectáculo repugnante. Aquellos hombres paliduchos, varios de ellos con pelos en la cara, eran rápidos desolladores. Rápidos pero nada respetuosos. Solo estaban interesados en la piel del abdomen y del torso, despreciando la del cuello y las patas. Además, no tenían reparos en voltear un animal utilizando garfios, entre gritos y risotadas. Ni en caminar por encima de los cadáveres.

Al mediodía, los hombres-pálidos habían acabado la faena, dejando tras de sí una montaña de cuerpos sanguinolentos. Cuando el sol estaba alto, cargaron el montón de pieles sobre dos rastras y emprendieron camino siguiendo el curso del río, ahora prácticamente seco. Algunos buitres comenzaron a congregarse en el cielo, sintiendo el olor de la muerte.

La única carne que cargaron en sus rastras fue la de dos jóvenes bisontes. Dos crías que horas antes se amamantaban y cuya madre debía estar entre el amasijo de cadáveres.

Arco Certero y Cuervo Blanco los siguieron desde las lomas cercanas, procurando no dejarse ver. Aunque llevaban en sus bolsas algunos tasajos de carne seca, hacía horas que el agua se les había acabado y la sed comenzaba a resecar sus gargantas.

Los hombres-pálidos descansaron a la sombra de unos árboles durante algún rato. Uno de ellos sacó de su cinturón lo que parecía un cuchillo, lo dirigió hacia un alimoche próximo y sonó un trueno, pero el ave salió volando, espantada por el ruido.

Cuervo Blanco estaba asombrado:

–¡Tienen lanzas-de-trueno y puñales-de-trueno! Esa tribu parece muy peligrosa.

–Sí, lo es, aunque no siempre sus ruidos aciertan en la presa.

Por fin, al atardecer, los desolladores llegaron a su poblado, asentado en los meandros del río, un lugar donde crecían árboles y que debía estar verde en todas las estaciones del año. Al divisarlo, los crow esperaron a que la caravana entrara en su campamento y bajaron al río a beber agua y llenar sus calabazas.

Luego, se dispusieron a pasar la noche reconociendo el poblado de hombres-pálidos, para conocer quiénes podían ser y tratar de adivinar sus próximos movimientos.

18
Plantar pólvora

Los piegan eran enemigos tradicionales de los crow, que ellos denominaban con el nombre absaroka, por las montañas al sur donde solían vivir. A su vez, los crow se referían a los piegan como los piesnegros.

Piegan, crow y lakota rivalizaban por el control de las praderas. Pero eso era mucho más al sur, y mucho más al este.

Porque la tribu crow de Trueno de Fuego hacía muchos años que había llegado a esa zona norte de las llanuras huyendo de las continuas disputas con sus vecinos. Al asentarse en el noroeste habían pedido permiso al Gran Espíritu para ocupar unas tierras que no daban sus frutos ni su caza a ninguna otra tribu.

Arco Certero y Cuervo Blanco habían pasado la noche en el poblado de los hombres-pálidos, acercándose a sus casas de troncos y a los cercados donde descansaban sus caballos. Iban satisfechos porque además habían robado un gran tesoro.

Llevaban casi dos días sin dormir y caminaban desprevenidos junto al río cuando se vieron rodeados por una partida de indios piegan. No llevaban pinturas de guerra, pero los rostros de los siete piesnegros resultaban amenazadores. Arco Certero se adelantó y saludó con su palma derecha abierta:

–Saludos a nuestros hermanos piegan. No tenemos hambre, hemos dormido bien y caminamos hacia nuestro poblado.

No tener hambre significaba que no se quería cazar en aquellas tierras. Haber dormido bien quería decir que no se buscaba un sitio para establecerse.

–Saludos a los hijos del Cuervo. Estáis lejos de vuestras tierras.

–También los hermanos piegan están muy lejos de su tierra.

Los crow desconocían que aquello fuera territorio de los piesnegros, cuyos grupos importantes también estaban al sur. Arco Certero vio que uno de los piegan llevaba una lanza-de-trueno y pensó si serían aliados de los hombres-pálidos. Si era así, se dijo, pronto descubrirían el robo del tesoro y su cabellera valdría menos que un puñado de excrementos de conejo.

Tampoco a los piesnegros se les escapó que Cuervo Blanco llevara a la cintura un hacha de acero, que refulgía al sol.

Por unos segundos, los hombres se miraron a los ojos. Arco Certero interpretó que eso era buena señal y se atrevió a decir:

–Venimos de observar a los hombres-pálidos. Los hijos del Cuervo hemos presenciado dos matanzas de bisontes que han llenado de tristeza nuestros corazones.

–Los hombres-blancos matan bisontes y ocupan tierras como una marea de alacranes. Hace varias estaciones, atacaron a una partida de hermanos piegan. Con sus animales son capaces de recorrer grandes distancias, pero ahora se han asentado. También seguimos con desolación el avance de los hombres-blancos.

Los crow se tranquilizaron al ver que los piegan estaban tan preocupados como ellos por la presencia de los hombres blancos. Y quisieron saber sobre la extraña lanza que provocaba el trueno:

–Vuestra lanza-de-trueno es un arma poderosa.

–Es un arma poderosa, pero ahora está dormida.

Arco Certero y Cuervo Blanco pudieron tocar el pesado fusil, cuyo funcionamiento no entendían porque carecía de elementos punzantes y no se veía qué podía producir el enorme ruido que habían oído. Fue uno de los piegan quien explicó, extrayendo de su bolsa tres balas esféricas:

–A esto, los hombres-blancos le llaman fusil. Lanzan lejos estas bolas pesadas, que perforan la piel y los huesos. Pero esta lanza-de-trueno duerme esta estación. Debe comer unas semillas negras llamadas pólvora. En nuestras tierras hemos plantado esas semillas y al final de la estación tendremos una buena cosecha de pólvora para dar de comer al fusil.

Los crow estaban admirados. Nunca habían escuchado nada igual. Sopesaron las balas, fabricadas con una piedra parecida al material del hacha que Cuervo Blanco llevaba a la cintura. Resultaba increíble que esas bolas, sin punta ni aristas, pudieran causar la muerte de un animal como el bisonte.

A cambio, Arco Certero dejó que los piegan tocasen el hacha que habían robado en el poblado. A todos les admiraban el filo y el peso de

112

esa arma, que parecía poder partir en dos el cráneo de un animal o de un guerrero de un solo golpe.

Los piegan quisieron comprar el hacha, pero los crow no aceptaron siquiera el cambio exorbitante que ofrecieron: ¡cuatro plumas de águila!

Siguiendo las normas de honor de los indios, los piesnegros dejaron que los crow continuasen viaje hacia su poblado.

Los nueve hombres compartieron parte del camino.

Durante el viaje, Arco Certero y Cuervo Blanco supieron por qué los piegan viajaban hacia el noroeste. Además de observar a los hombresblancos, llevaban una ofrenda a los osage, a quienes habían atacado varias estaciones atrás, al considerarlos responsables de la muerte de la partida de cazadores piesnegros.

Arco Certero vio en ello una oportunidad para aunar los esfuerzos de las tribus de las llanuras. Se ofreció a acompañar a los piegan hasta el pie de Mano Elevada.

Durante el viaje, los indios miraban el cielo con preocupación. Nunca lo habían visto tan cuajado con los vuelos de los buitres, que parecían acudir a la llanura desde todos los rincones del mundo.

Los buitres eran animales inmundos.

Allá donde había bandadas de buitres, no sobrevolaba el águila.

Y el vuelo del águila era el mejor signo de que el Sol y la Luna siguieran saliendo un día tras otro.

Quizá, pensaron los crow, los osage y los piegan, aquello no era más que una señal de que el mundo se acabaría pronto.

Y todo, debido a los hombres-pálidos.

19
Los malacosa

EL Ithaqua acecha en zonas recónditas, secuestrando viajeros que aparecen muertos al cabo del tiempo, con los pies destrozados y grandes rictus de dolor en sus rostros.

Si el Ithaqua llama a un vagabundo, este reconoce su voz aunque se disfrace de canto de pájaro, susurro de agua o golpe de viento. Una vez que lo ha oído, la infeliz víctima lo sigue a una velocidad espantosa, destrozándose los pies en el roce contra el suelo y desencajando el rostro por el frote contra el aire.

El Ithaqua era solo uno de los peligros que acechaban a los cazadores. Había otros, aunque nunca en las llanuras se había oído que estos monstruos hablaran o gritaran con voz de trueno.

Transcurridos seis días desde la partida de Cuervo Blanco y Arco Certero, muchos crow evocaban, sin mentarlas, antiguas historias de cazadores desaparecidos. Trueno de Fuego había enviado a cuatro hombres a seguir la pista de los cazadores y, al tiempo, dado la orden de prepararse para levantar el poblado.

Quien no estaba preocupada era la familia de Arco Certero.

Abeto Floreciente, porque su marido era un hombre prudente y valeroso, que sabía desafiar la sed y el peligro. Muchas noches dormía sola, acordándose de su esposo, y estaba segura de que antes de que tuviera motivo para preocuparse, el Gran Espíritu le haría llegar alguna señal de aviso.

Ojo de Nube, porque desde la marcha de su padre pasaba las horas mirando con sus ojos blancos hacia el horizonte y, cuando no, arrojado en el suelo para escuchar los sonidos de la tierra. Cada poco, decía a su madre:

–Padre volverá.

Y así se lo repetía la madre a sus tres hijas:

–No os preocupéis, porque padre volverá pronto.

Desde que llegaron las primeras noticias sobre la matanza de bisontes, el poblado vivía en estado de agitación. Se estaba pendiente de los truenos y, sobre todo, de la aparición de esos hombres montados en extraños animales. Varios crow vigilaban en dirección a Pradera Amarilla, mientras se oteaba en busca de las señales de humo convenidas, que avisarían en caso de peligro.

Nadie esperaba que Arco Certero y Cuervo Blanco vinieran desde Mano Elevada.

Cuando Conejo Loco aseguró que eran ellos, el poblado se reunió para recibirlos con muestras de alegría. El jefe Trueno de Fuego dio gracias al Gran Espíritu, al tiempo que Cabello Largo realizaba una danza ritual alrededor del tótem.

Todos querían escuchar las noticias que traían los cazadores, pero aguardaron a que los hombres bebieran y comieran. Una vez repuestos del largo viaje, contaron con detalle lo que habían visto de la matanza, su noche entre el poblado de hombres-pálidos, el encuentro con los piegan y la visita a los osage.

Algunos detalles llamaban la atención de los oyentes, que se estremecían al pensar en las consecuencias para sus vidas:

–Los osage han tenido noticias de otras tribus; esos caras pálidas vienen desde el sur y se extienden como plaga de langosta, ocupando más tierras de las que pueden cultivar y matando más bisontes de los que necesitan para comer.

–No respetan las leyes de la Madre-de-la-Vida, son crueles con sus víctimas y a todas partes les siguen bandadas de buitres.

–Cortan bosques para construir sus casas y viven entre los espíritus de los árboles muertos.

Hombres, mujeres y niños crow escuchaban estas y otras noticias con rostros de preocupación, ávidos por saber más. Los cazadores respondían como podían a algunas preguntas:

–Esos fusiles son más fuertes que nuestras lanzas, matan a distancia, comen semillas de pólvora y lanzan balas con la fuerza del rayo y del trueno que sale por sus bocas.

–Algunos tienen la cara cubierta de lana y solo se ve piel en su frente y sus ojos, pero andan como humanos. Tal vez sean un cruce con algún animal desconocido.

Al acabar las explicaciones, los crow guardaron silencio. Quedaron a la espera de lo que dijera el hombre-medicina, que llevaba días ayunando y que pocas horas antes había realizado la danza ritual. Era, por tanto, quien estaba más capacitado para interpretar esas señales, ya que había hablado con el tótem de la tribu. Moviendo la cabeza, Cabello Largo resumió:

–Esos hombres blancos son Mala Cosa.

Todos en el círculo asintieron.

Estaban convencidos de que los malacosa no traerían más que desgracias a la pradera. Los árboles derribados, los animales masacrados y el trueno en sus manos presagiaban que una era estaba a punto de acabar y que otra nueva se abría. Tal vez la Madre-que-da-la-Vida ya no estaba de su parte... Tal vez fuera prisionera de algún espíritu *otkon*...

Antes de acabar la reunión, se oyó la voz de Ojo de Nube:

–Hay que quitar su poder a los malacosa. Tenemos que robarles sus animales y sus fusiles.

Solo el viejo Pequeño Halcón asintió a sus palabras. Los demás oyeron a Ojo de Nube como quien escuchaba el canto de un petirrojo en la pradera, sin prestarle mayor atención. Pero Abeto Floreciente y Arco Certero pensaron que quizá su hijo tenía razón, aunque esa era una tarea para la que se necesitaba la fuerza de muchos indios juntos, de las praderas y las montañas.

Al día siguiente, los más jóvenes consiguieron que Cuervo Blanco dibujase en el exterior de su tipi a los malacosa y a los animales que cabalgaban. Quedaron impresionados al oír contar de nuevo que los bisontes caían muertos tan lejos de sus fusiles. Y al pintar en los hombres las lanas que cubrían sus caras.

Ojo de Nube pidió a su padre que dibujara en su pecho las siluetas de los pataslargas. Al sentir los dedos del padre sobre su piel, el chico ciego pensó que, un día, él montaría uno de esos animales. Y su padre cabalgaría en otro.

20
La tierra habla distinto

Para los indios, las piedras también alojaban poderes y espíritus misteriosos. Las había duras y masculinas, con las que fabricar raspadores, cuchillos y puntas de flecha y de lanza. Las había translúcidas y mágicas, a través de las que se veía el mundo con ojos de animal. O femeninas y maleables, a partir de las que se podían moldear objetos, y que no eran comidas por el fuego.

Pero nunca habían visto hierro en estado puro, como la hoja del hacha que Cuervo Blanco había robado a los malacosa. Una piedra que mordía con fuego cuando estaba colocada al sol y que estremecía de frío cuando se tocaba al amanecer.

Una piedra mortífera en el filo, que cortaba la carne como si fuera agua, y en el extremo, que se podía utilizar como martillo.

Cuervo Blanco se imaginaba sustituyendo a Trueno de Fuego en un futuro próximo, pues poseía el arma más temible que los crow hubieran tenido nunca en sus manos. Soñaba con robar una lanza-de-trueno, abundantes balas y una cosecha de pólvora para enfrentarse no solo a los hombres-pálidos, sino también a cualquier rival que amenazase su vida en la pradera o en la montaña. De lograrlo, sí sería un jefe famoso y respetado.

A él no le habían pasado desapercibidas las palabras de Ojo de Nube. Si pudiera apoderarse de varios fusiles y de algunos pataslargas, nadie le discutiría su posición como jefe de los crow, así que una mañana se acercó a Ojo de Nube y le dijo:

–Quizá algunos indios sepan cómo atraer a esos animales hasta nuestras praderas. El hombre-medicina dice que lo intentará con su flauta de hueso de águila.

–El hombre-medicina es sabio. Quizá vengan.

–Pero quizá Cabello Largo no lo logre, y otros sepan hacerlo.

A Ojo de Nube no le gustaba el tono de Cuervo Blanco, que le recordaba el silbido de la serpiente atrayendo a un pájaro. Se preguntaba por qué ese hombre hablaba con él, y no con Trueno de Fuego o con su padre. Era cierto que él tenía fama de ganarse la confianza de animales grandes y pequeños, que en ocasiones venían a comer a su mano, pero los pataslargas no eran como los que corrían por el bosque o volaban en la pradera.

–Yo solo soy un muchacho ciego.

Los días pasaban y no se volvió a ver rastro de los malacosa. Los vigilantes apostados a mitad de camino de Pradera Amarilla se aburrían en sus lugares de oteo y muchos crow pensaban que esos caras pálidas y sus animales no tardarían en desaparecer por donde habían venido.

Cazar bisontes se había vuelto más complicado. A la merma de los dos rebaños se añadía que esos animales se habían vuelto recelosos, como si de repente los rebaños hubieran aprendido que los hombres estaban relacionados con la muerte.

Trueno de Fuego y el resto de cazadores decidieron partir siete días más tarde hacia las montañas. Necesitaban al menos cuatro pieles para comerciar con los tonkawa y ya era bastante seguro que no llegarían a esa cantidad. Pero el jefe crow no quería arriesgarse a permanecer allí más tiempo; se irían de las praderas una luna antes de lo acostumbrado.

Mientras los hombres vigilaban y cazaban, mujeres y jóvenes se esforzaron en la recolección. Cada grano, cada fruto, cada raíz se recogían incluso sin estar maduros, a sabiendas de que la montaña tardaría en entregar sus dones. No había alegría en ese trabajo y la abuela Luz Dorada y otras ancianas se lamentaban porque al final de su vida tuvieran que vivir tiempos tan duros.

Abeto Floreciente seguía hablando con Ojo de Nube, aunque el chico no necesitaba ahora las palabras de su madre para saber que en el cielo y en la llanura se habían producido cambios:

–Hace tiempo que no se ven águilas en el cielo. También han desaparecido los milanos, y con ello crecerán las serpientes. Los conejos se multiplicarán y, si el Gran Espíritu no lo remedia, arrasarán nuestras cosechas durante la próxima estación.

Ojo de Nube sabía eso y más. Por ejemplo, que búhos y lechuzas habían huido del bosque cercano. Y que el suelo bullía de pequeños bichos carroñeros, quizá despertados por el olor a putrefacción que seguía llegando desde Pradera Amarilla.

En ocasiones, Ojo de Nube se tiraba en el suelo y, estirando brazos y piernas, trataba de escuchar los sonidos que llegaban a través de la tierra. Su padre le comentaba viéndole tumbado:

–Tu oído oye más que los nuestros. Quizá los malacosa estén por llegar.

–No, padre, están muy lejos. Pero siguen ahí.

También Abeto Floreciente sentía curiosidad por saber qué percibía su hijo, pero el chico no podía explicarlo bien porque era una suma de pequeños detalles: el olor y la calidez del aire, los correteos de los animales, el canto de las aves...

–La tierra y el cielo cambian, madre. Hablan de modo distinto.

La magia de Cabello Largo, que tocó toda una noche con su flautín elaborado con el hueso de un fémur de águila, no pudo hacer nada para convocar a los pataslargas en sus praderas. Ni siquiera logró atraer a las águilas, lo que convenció a muchos de que el Gran Espíritu los estaba abandonando.

Llegó la fecha fijada y los crow se prepararon para salir hacia las montañas. Por primera vez sintieron miedo, aunque un crow nunca hablaba de sus miedos personales. Prefería que toda la tribu hablase por cada uno de ellos, y Trueno

de Fuego inició en el círculo la oración acostumbrada recordando que la estación no les había sido del todo propicia:

–Damos las gracias a la Madre-que-da-la-Vida por los dones concedidos, esperando que los frutos de la tierra sean preservados a los hombres que respetan...

–Damos gracias al Gran Espíritu por permitirnos habitar estas tierras, que esperamos no sean ocupadas por quienes desoyen las leyes de la Madre-que-da-la-Vida...

21

La pipa ceremonial

Las ceremonias solemnes acababan con una pipa. Cada hombre tenía la suya, pero en ciertas ocasiones se utilizaba la ceremonial, que pasaba de uno a otro. Mediante el humo, los indios sellaban un pacto con el Gran Espíritu, haciendo llegar al cielo parte de su aliento.

De la pipa ceremonial colgaban cuatro cintas, representando las cuatro regiones del universo: del Oeste venían las criaturas del cielo cargadas con la lluvia; en el Este brotaba la luz y era donde vivía el lucero del alba que daba sabiduría a los hombres; del Sur venían el verano y el poder de crecer, y del Norte procedía el viento blanco que purificaba la tierra.

Los crow aspiraron el humo de la corteza del sauce rojo y lo lanzaron a los cuatro puntos cardinales, deseando que su tótem guardara para ellos la tierra en que habían nacido sus hijos.

Al amanecer de la mañana siguiente desmontaron los tipis, cargaron las rastras y emprendieron viaje hacia el norte.

Iba a ser un viaje triste. Unos giraron la cabeza al abandonar la llanura, pensando si volverían al año siguiente. Otros se lamentaban imaginando el inmediato futuro, ya que la montaña aún conservaría parte de sus nieves y la vida se haría difícil.

Sus sacos y cestas estaban repletos, pero algunos frutos no habían madurado aún y quizá no fueran utilizables en una larga temporada. De los maduros se alimentaron los primeros días de viaje, mientras los cazadores trataban de abatir pequeñas presas.

Diez días más tarde, llegaron agotados a Garganta del Ciervo. El frío había mermado sus fuerzas y no estaban acostumbrados a caminar bajo la lluvia. Quien más percibía la diferencia con los anteriores viajes era Ojo de Nube. El aire se oía extrañamente vacío de trinos y el viento parecía más delgado al atravesar las ramas de los árboles, aún desnudas de hojas.

Los crow decidieron descansar. No tenían prisa por llegar a la montaña cuando las aguas aún no se habrían deshelado. Mientras los demás iban y venían en pequeñas ocupaciones, como recoger leña o buscar raíces, Ojo de Nube permaneció dos días inmóvil a la entrada de la cueva, oteando el aire.

Transcurridos esos dos días, dijo a Abeto Floreciente:

—Madre, busca a otra mujer y traed dos vasijas anchas.

Ojo de Nube señaló una dirección y caminó de la mano de su madre. El sendero era agreste, pero el chico supo hacia dónde orientarse. Nada más cruzar un arroyo, llegó a una pequeña cueva oculta tras unas zarzas. Al apartar los matojos, una nube de abejas salió volando y Ojo de Nube se internó en la negrura.

Ante el asombro de las mujeres, apareció cubierto de abejas y llevando un panal, que depositó en una vasija. Volvió a entrar y salió con otro, que dejó en el segundo cuenco. El chico siseaba mientras las abejas le cubrían. Pasado un rato, mientras la miel fluía llenando los cacharros, las abejas desaparecieron volando.

El muchacho había trazado en su cerebro un mapa de los alrededores de Garganta del Ciervo, utilizando su olfato y su oído. Al día siguiente, orientó a los cazadores hacia un venado adulto. Al otro, a unas mujeres en dirección a un campo de frambuesas silvestres. Al cuarto fue al bosque con unos niños, indicándoles las salidas del laberinto de una madriguera de conejos...

Abeto Floreciente y Arco Certero estaban tan orgullosos de su hijo como cualesquiera otros padres indios. Y por las noches, en el duro suelo de la caverna, el marido decía a su mujer:

–Ahora veo hasta qué punto has sido sus ojos.

–Él es ahora los ojos de todos nosotros.

Al octavo día de estar acampados, el jefe Trueno de Fuego se acercó a Ojo de Nube y le dijo:

–Mañana emprenderemos viaje.

–Mañana lloverá; también al día siguiente.

La caravana crow emprendió la marcha cuatro días después. Ocho más tarde, llegaban junto a su tótem en la montaña. En el árbol aún se veía el tipi colgado dos estaciones atrás, con sus alados pobladores, que no se sobresaltaron al verlos llegar.

Los chicos y las chicas crow sabían que Ojo de Nube era distinto. También este se sabía diferente de los demás, pero no entendía bien cuál era la diferencia. Si su hermana Flor Azul, dos años menor que él, le hablaba sobre el gran roble que había junto al arroyo, él podía decir, por ejemplo:

–Ah, lo recuerdo. Una de sus raíces parece hundirse en el agua. Tiene tres nidos de gorriones y un picamaderos hizo un agujero a la altura de tus orejas del tamaño de un puño...

Ojo de Nube sabía que la sangre era roja; que la hierba era verde si estaba fresca, o amarilla si quemada por el sol; que la noche era negra y que el cielo era azul. Pero los nombres de los colores tenían para él matices distintos. Blanco era frío como la nieve o abrasador como el sol. Rojo era ácido como la sangre, fragante como una rosa o bello como un atardecer de verano...

A diferencia de lo que pensaban los demás, él creía que imaginar los colores no era tan difícil. Ver un conejo azul resultaba tan extraño como oír hablar de un conejo azul.

El mundo, en definitiva, estaba construido con las palabras que le había enseñado Abeto Floreciente.

Y en ocasiones se permitía bromear con la abuela Luz Dorada, como por ejemplo cuando caminaban bajo un atardecer:

–El sol se pone hoy con un hermoso color rojo.

–¡Pero si tus ojos no pueden verlo!

–Cuando canta la chicharra como hoy, el sol siempre está rojo.

Por fortuna, la transición de la primavera fue rápida. El río se desheló pronto y el bosque se llenó de brotes y cantos de aves. El río bajaba crecido y los peces eran abundantes. La-Madre-que-da-la-Vida fue generosa con ellos y los animales del bosque se dejaron cazar. Aunque la llegada a la montaña fue triste, siete días más tarde el poblado indio había olvidado sus pesares.

Parecía como si los fusiles, los malacosa y los pataslargas hubieran sido solo un mal sueño.

22

Muerte en la montaña

EL mundo indio estaba lleno de vida. Los árboles, el viento y el agua gemían y susurraban, podían llegar a ser destructivos y, por ello, eran hogares de espíritus poderosos.

Los animales, que poseían más pericia que los humanos en el arte de la supervivencia, que rara vez se quedaban sin provisiones y que solían ser más rápidos, personificaban cualidades que los indios admiraban. El zorro simbolizaba la astucia; el gato salvaje, el sigilo; el ciervo, la rapidez, y el búho o la lechuza, la sabiduría que está más allá de las cosas.

Los crow los dibujaban en sus tipis, tratando de poseer algunas de sus propiedades. Los niños iban a ver a los pataslargas, con los hombres lanudos subidos a sus lomos. Pero nadie sabía aún qué papel tenían los caballos en la simbología india.

Cuando llegaron los tonkawa, Cuervo Blanco les contó el encuentro con los malacosa, a quienes mostró en los dibujos de su tipi. Y, por supuesto, se ocupó de enseñar su reluciente y afilada hacha, que causó admiración entre los vecinos. Tanto como la historia que contaba, mitad cierta, mitad fantástica:

—Dos guerreros solos, en mitad de la noche, en el poblado de los malacosa... No tuvimos miedo de sus fusiles ni de sus puñales-de-trueno. Había hombres y unas pocas mujeres, a quienes vimos a la misma distancia que yo os veo. Peleando con ellos nos hicimos con esta hacha, que es el símbolo de su fuerza.

Cuervo Blanco, mostrando su poder, dio un hachazo sobre un delgado tronco de pino, que quedó cortado limpiamente y de un solo tajo. Los tonkawa mostraron su admiración y su jefe aceptó con aparente acuerdo las pieles y semillas que los crow les ofrecían, aunque estaba decidido a que esa arma fuera suya.

Acabado el trueque, el jefe tonkawa ofreció a cambio del hacha las pieles y el grano que acababa de recibir, prometiendo hacerles llegar diez mantas de lana más la siguiente temporada. Ni Cuervo Blanco ni Trueno de Fuego aceptaron la oferta, y los tonkawa se marcharon.

Dos noches más tarde, Ojo de Nube despertó sobresaltado y despertó a Arco Certero:

–¡Padre, padre! Hay gente fuera...

Desnudo, Arco Certero se colocó el carcaj a la espalda, tomó el arco y salió al exterior de su tipi. Llegó a tiempo de ver cómo tres sombras se deslizaban fuera de la tienda de Cuervo Blanco. Disparó hacia una de las siluetas, se oyó un quejido y los ladrones desaparecieron. Arco Certero lanzó su grito de guerra y de los tipis comenzaron a salir crow armados.

El espectáculo en el interior del tipi asaltado era desolador. Los asaltantes habían cortado la garganta de Cuervo Blanco y de su mujer Lluvia Apacible, dejando con vida a su hija de dos años, que lloraba con desesperación. El hacha había desaparecido.

Sin vestirse, Arco Certero y ocho hombres armados corrieron en busca de los bandidos, seguros de que eran tonkawas. Atrás dejaron los lamentos desgarradores de hombres, mujeres y niños que habían perdido a un gran guerrero y a una buena esposa.

Los asaltantes habían elegido una noche sin luna y resultaba muy difícil seguir su pista. Los tonkawas solían bajar el río en canoa y su poblado estaba a siete días de distancia, por lo que alguno de los cazadores dedujo:

–Estos días se habrán quedado acechando por aquí.

–Sí, y he herido a uno de ellos. No irá muy lejos.

En el bosque, perseguidos y perseguidores se movían con el máximo sigilo. Ni siquiera a dos pasos de un indio podían oírse una respiración, un roce o una rama rota. Desde donde estaba, cada uno solo oía el rumor del agua, el croar de las ranas o el silbido de los pájaros nocturnos.

Ojo de Nube había ido hasta el lugar desde donde el camino descendía hacia el río. Le acompañaba su hermana Montaña Plateada. El chico pidió a la niña:

–Di a Trueno de Fuego que ordene callar a todo el mundo.

La muchacha regresó y, al rato, el campamento quedó en silencio. Sabiendo que Ojo de Nube escuchaba, varios hombres fueron a su lado y trataron de poner atención a los sonidos que venían de la arboleda junto al río. Ojo de Nube dijo:

–Junto a la poza, alguien imita el sonido de un búho. Al otro lado del río tenéis al segundo.

Cuatro hombres descendieron la senda y siguieron caminos distintos. Poco después, se oyó un grito; después, voces.

Uno de los tonkawas cayó muerto. El segundo fue capturado. Descubrieron al tercero boca abajo, en el río, con la flecha de Arco Certero clavada en un riñón. El hacha estaba en poder del primero, que había intentado defenderse con ella.

A la mañana siguiente, los crow se reunieron en el Círculo Sagrado. Tenían que juzgar a un hombre y organizar el funeral de dos crow. Los rostros de los participantes, hombres, mujeres y niños, eran tristes y estaban pintados de negro, excepción hecha de un círculo rojo que bordeaba la línea de sus ojos.

El debate sobre el destino del prisionero duró toda la mañana. Según las leyes indias, la última palabra la tenían los padres de la viuda, pues Cuervo Blanco pertenecía a una tribu distinta. Tras escuchar al Consejo, el viejo Lobo Gris pronunció su sentencia:

–Regresa con los tuyos. Di a los tonkawa que si vuelven a pisar los territorios crow les declararemos la guerra y no quedará uno de vosotros para contarlo. Diles que, en compensación por la vida de los muertos, deberán bajar por el río una canoa con ofrendas para la hija y los padres del hombre y de la mujer que habéis matado. Diles que si no cumplen con estas condiciones, el Fuego y el Rayo caerán sobre vosotros y vuestros descendientes.

Luego, escupió junto a los pies del prisionero, a quien desataron y vieron salir corriendo en dirección al río. El tonkawa sabía que él y los suyos se exponían a una terrible maldición si no cumplían lo estipulado por el Gran Espíritu en un Consejo.

23
Una peligrosa misión

LOS crow enterraban a sus muertos, a diferencia de otras tribus, que los colocaban sobre unos túmulos, los incineraban o introducían sus restos en una vasija o en un árbol.

Pero todos los indios permitían que el muerto se llevara consigo su bolsa sagrada, su pipa y armas de caza o de guerra. Sus cuerpos eran ataviados con ropa festiva, mocasines nuevos y las plumas que hubieran conseguido en su vida terrenal.

Cabello Largo condujo la comitiva fúnebre al bosque y cantó para que el Gran Espíritu desplegara sobre el Río Sagrado el puente que permitiría a sus almas pasar al otro lado de la Tierra.

También el hombre-medicina varió los nombres de los muertos, que no debían volver a ser dichos. Así, Cuervo Blanco pasó a ser Hacha Poderosa y su esposa se llamó Luna Oscura. Por la tarde, una gran fogata consumió su tipi y sus prendas sucias de sangre, devorando así los dibujos de los pataslargas y de los malacosa, que parecían haber caído sobre ellos como una maldición.

Tras la ceremonia, la tribu ayunó un día entero y Cabello Largo se dirigió al bosque, donde debía purificarse durante cinco días.

Los crow estaban desolados. Habían perdido un gran cazador y una mujer laboriosa, pero además se sentían golpeados por catástrofes que rompían su mundo apacible. Las praderas del sur estaban amenazadas por los carapálidas, y hacia el noroeste, los tonkawa podían caer sobre ellos en pie de guerra.

El jefe Trueno de Fuego sintió especialmente la muerte de los dos hijos de su poblado. Pareció envejecer en pocas semanas y ya no disfrutaba organizando las partidas de caza o la vida de su tribu. Se le veía hablar mucho con el viejísimo Pequeño Halcón, como si quisiera acompañarle en su último viaje.

El único acontecimiento que tranquilizó la

vida del poblado fue la llegada, una noche, de una canoa tonkawa con las ofrendas solicitadas. Además de mantas, cinturones, mocasines, pieles de alce y varios sonajeros, la barca llevaba tres tomahawks.

Los padres de Luna Oscura recogieron el precio por la sangre de su hija y lo consideraron suficiente.

Trueno de Fuego tomó las armas e interpretó que eran de los tonkawas asaltantes, lo que constituía una señal de paz.

Ojo de Nube seguía creciendo. Había cumplido diez años y su ceguera no le impedía realizar tareas valiosas para los suyos. A veces, su hermana Flor Azul disfrutaba escuchando las historias de Abeto Floreciente a través de las palabras de Ojo de Nube:

–Mira este pez. Aún es demasiado joven para poder pescarlo. Su aleta dorsal es pequeña y suave; cuando sea puntiaguda y te pinches los dedos con ella, podrás echarlo al cesto.

Las lunas transcurrían y se acercaba el otoño, la época en que los crow debían viajar hasta las praderas.

Trueno de Fuego y los hombres pensaron que no debían arriesgarse a viajar con las mujeres y los más pequeños sin estar seguros de que la llanura no suponía peligro. Por eso decidió:

–Arco Certero y Mano Amarilla: viajaréis hasta las tierras guardadas por nuestro tótem y comprobaréis si los malacosa siguen lejos. De ser así, realizaremos el viaje en la fecha prevista.

A Abeto Floreciente se le encogió el corazón pensando que estaría casi una luna sin su marido. Pero se estremeció aún más cuando una noche, en el tipi, Ojo de Nube dijo a su padre:

–Padre, quiero ir contigo.

–No, hijo. Este viaje solo pueden hacerlo los hombres.

Abeto Floreciente recordó lo que había repetido a su hijo mil veces desde que mamaba de su pecho: *Sé insistente, hijo, y lograrás todo lo que te propongas.* Y se preparó para lo que iba a ocurrir.

Ojo de Nube insistió a su padre. Habló con Trueno de Fuego, con Mano Amarilla, con el viejo Pequeño Halcón, con Cabello Largo... A todos les repetía una y otra vez:

–Mis ojos ven lo que no ven los vuestros. Puedo servir de ayuda a una partida de exploradores.

Trueno de Fuego acabó por convencerse de ello y, a su pesar, habló con Abeto Floreciente y con Arco Certero:

–Tiene razón. No puedo enviar más que dos

hombres y es una misión peligrosa. Pero ese chico puede servir de mucha ayuda.

Pocos días más tarde, los dos cazadores y Ojo de Nube iniciaron su viaje. El chico iba sujeto por una cinta de cuero al cinturón de su padre, una condición que su padre había impuesto. Llevaban agua y provisiones. Arco Certero, además de su arma, portaba el hacha de los malacosa; Mano Amarilla, su arco, un largo puñal y un tomahawk.

Salieron antes del amanecer. Abeto Floreciente lloró en su tipi, acompañada por sus hijas, pensando que era la culpable de que su hijo, ciego, emprendiera tan largo y peligroso viaje. Era la primera vez que se separaba de él y sentía que una parte de ella se había desgajado. Rezaba al Gran Espíritu para que guiase al chico allá donde sus ojos y sus palabras no podían alcanzar.

Una pareja de cazadores tardaba siete días, a paso ligero, en llegar desde las montañas hasta las praderas. Acompañados por Ojo de Nube, el viaje duró cuatro jornadas más.

El chico localizaba la caza, buscaba leña para el fuego e interpretaba los signos del aire y del cielo, para acabar diciendo:

–Los malacosa no están cerca.

Cada noche, Ojo de Nube trataba de enviar un mensaje:

–No te preocupes, madre, que todo va bien.

Y la madre, que sabía que el Gran Espíritu le avisaría de algún modo si había alguna situación de peligro, parecía responderle:

–Ya sé que todo va bien, hijo. No te preocupes por mí.

Al undécimo día, los dos cazadores divisaron su tótem. Estaba en pie y todo parecía normal. Pero a medida que se acercaban, Ojo de Nube supo que algo había ocurrido.

Mano Amarilla señaló a Arco Certero unas bostas de los pataslargas, pero fue el chico quien dijo:

–Los malacosa han estado aquí.

24
El árbol-tótem

Los crow tenían como animales tótem al águila, al cuervo y a la tortuga. Ninguno debía ser cazado ni podían comer su carne. El águila era portador de protección, sabiduría y riqueza. El cuervo representaba el destino, lo bueno o lo malo. La tortuga preservaba la salud y era símbolo de una larga vida.

Cuando el viejísimo Pequeño Halcón era niño, los crow que venían del sur llegaron a esa tierra deshabitada y clavaron en el suelo un tronco de tejo. Fueron tallando año a año sus animales tótem y otros relieves que hablaban de sus antepasados.

Hicieron lo mismo en el campamento de las montañas.

Ahora, sus territorios habían sido hollados por los pataslargas y los malacosa, y su árbol-tótem había sido profanado.

Mientras los cazadores se lamentaban, Ojo de Nube se acercó al tronco tallado y buscó con los dedos las muescas del hacha y del cuchillo. No entendía cómo unos seres humanos podían atacar un símbolo sagrado, ni qué necesidad tenían de ello.

Mano Amarilla extrajo con su puñal lo que parecía una bala deformada, hundida en la madera de tejo. El árbol-piedra, gracias a su dureza, había resistido los golpes y balazos de los malacosa. Pero quedaba claro que estos salvajes no respetaban ni la vida de los animales ni los espíritus de una tribu.

Lleno de furia, Mano Amarilla descargó un terrible golpe de tomahawk sobre un montón de excrementos de caballo.

Arco Certero compartió su ira. De buena gana habría dejado caer su hacha sobre los malacosa, de tenerlos a mano. Porque eso dejaba claro que los hombres-pálidos no respetarían nada ni a nadie, si algún día se establecían junto a sus tierras. Y, por lo que veían, no faltaba mucho tiempo para que fuera así.

No tenían más que hacer allí. Habían comprobado que el regreso a la llanura suponía un riesgo para la tribu. Eso implicaba que tendrían que pasar el invierno en las montañas o buscar nuevos territorios hacia el sur, pero atravesando los altos picos de la Montaña Negra más al oeste, en un camino largo e incierto.

Antes de emprender el camino de regreso, descansaron en el bosque. Ojo de Nube escuchó pensativo a los hombres:

–No resistiremos el invierno en la montaña. Y si no volvemos aquí en otoño, los hombres-pálidos pensarán que abandonamos este territorio, arrancarán nuestro tótem y colocarán el suyo.

–Tampoco aquí sobreviviríamos, si matan a nuestros bisontes. La Madre-que-da-la-Vida se enojará y dejará de dar sus frutos.

–Podemos unirnos a los osage para expulsar a los malacosa.

–Ni los osage ni los crow somos guerreros.

–Pues nos uniremos a los piegan. Para esta primavera, su cosecha habrá producido pólvora para su fusil.

–Un fusil contra muchos fusiles. Y los piegan tienen sus problemas más al sur. No vendrán en ayuda de los crow.

Mientras comían, Ojo de Nube volvió a proponer algo que había sugerido hacía varias lunas:

–Podemos apoderarnos de los pataslargas y de las lanzas-de-trueno de los malacosa. Así los privaremos de su fuerza.

Los hombres volvieron a pensar que se precisarían muchos cazadores muy valientes y no respondieron al chico, que insistió:

–Una noche les robaríamos los animales para que no pudieran perseguirnos; a la siguiente, les quitaríamos los fusiles.

A Arco Certero le pareció que Abeto Floreciente se había excedido al contar leyendas a su hijo y que la vida se ocuparía de enseñarle que no todo era tan fácil de conseguir. Sobre todo, si no se contaba con la ayuda de un Espíritu Fuerte. Y los espíritus de los crow parecían haberlos abandonado. Esta vez, respondió:

–Los pataslargas son más peligrosos que los venados, hijo. Corren tanto y son tan fuertes como los bisontes.

–Siempre te he oído, padre, que una manada de bisontes en estampida puede acabar con todo un poblado... Y por lo que sé, hay muchos más bisontes que pataslargas en la pradera.

Era cierto, pensaron los dos hombres. Pero para reunir una gran manada y provocar una estampida volvían a ser precisos muchos cazadores. Más aún de los que había en todo el poblado crow. Aunque si pudieran contar también con los osage...

Mano Amarilla pareció meditarlo y dijo a Arco Certero:

–Quizá tu hijo tenga razón. Tal vez debamos intentarlo...

Horas más tarde, los tres viajaban hacia los territorios osage. A medida que lo pensaban, Mano Amarilla y Arco Certero se convencían de que podía ser una buena idea. El Gran Espíritu solo prohibía la estampida para cazar en masa, y si los bisontes se lanzaban contra los malacosa, de nada les servirían sus fusiles. Sobre todo, en la oscuridad de la noche... Varios centenares o varios millares de bisontes contra los hombres-pálidos les darían una lección que no olvidarían durante mucho tiempo.

Los dos cazadores caminaban alerta. Cada poco, Ojo de Nube escuchaba los signos de la tierra y del cielo y avisaba de que los malacosa estaban lejos. Pero al amanecer del tercer día notó algo raro en el aire y dijo a su padre y a Mano Amarilla:

–Los malacosa siguen lejos, pero hay que tener cuidado.

Hacia la tarde, divisaron una bandada de buitres en la lejanía, señal de que los hombres-pálidos seguían llevando la muerte a la pradera. Los crow esperaron a que anocheciera y descansaron ocultos en una pequeña cueva que formaba parte de Mano Elevada, aunque todavía lejos de la vista del poblado osage.

Al amanecer continuaron la marcha y, dos horas más tarde, vieron un espectáculo desolador.

El poblado osage aparecía desierto. Una de sus cabañas estaba renegrida por el humo y de una segunda no quedaba más que un amasijo de ramajes. Las otras dos estaban en pie, pero a sus moradores no se los veía por ningún sitio. Los campos estaban agostados y por todas partes había un desorden de objetos, como si ese lugar hubiera sido abandonado precipitadamente.

De sus vecinos no había ni rastro.

25
La huida de Ojo de Nube

A diferencia de los crow, que se dejaban largas cabelleras, los osage se afeitaban la cabeza, excepción hecha de un mechón en la nuca, al que ataban un penacho de cola de ciervo.

Esos osage pasaban todo el año al pie de Mano Elevada, aprovechando los bosques y riachuelos que allí había. El pueblo osage estaba diseminado en varios grupos, a lo largo de las montañas y desfiladeros que iban hacia el sureste, y era de suponer que los supervivientes de aquel ataque habrían viajado hacia los territorios de sus hermanos.

Estaba claro que aquello había sido un ataque. Varias flechas rotas y unos fragmentos de piel ensangrentados daban idea de que sus vecinos se habían defendido, aunque no se podía saber si las víctimas habían sido numerosas. En algunos sitios aún se veían huellas de pataslargas y de los altos mocasines de los jinetes. Y las bostas de los animales todavía no habían sido devoradas por las moscas y los escarabajos.

Ojo de Nube solo pudo notar que ya no olía a muerte. Lo ocurrido había sucedido al menos cuatro semanas antes.

Arco Certero y Mano Amarilla se estremecieron al pensar que algo similar les habría ocurrido a ellos si los malacosa hubieran aparecido en su poblado en la temporada de invierno.

Con los osage huidos, se reducían aún más las posibilidades de volver a las llanuras. Y se esfumaba, claro, la idea de formar un gran rebaño de bisontes que lanzar contra los carapálidas.

El chico oía la apenada conversación de los hombres y repitió:

–Hay que apoderarse de sus animales.

Pero los hombres, en aquel momento, no estaban dispuestos a considerar más posibilidades que regresar a la montaña, consolar a los suyos y prepararse para un duro invierno entre la nieve. Por ello, miraron al chico y no le respondieron.

La noche los sorprendió al raso, protegidos

solo por algunos arbustos, tras los que hicieron una pequeña fogata para asar un conejo. Ojo de Nube se durmió acurrucado junto a su padre, para protegerse del frío. Sin embargo, antes del amanecer, Arco Certero comprobó que el muchacho no estaba a su lado.

Sus gritos despertaron a Mano Amarilla. Este dijo que el chico no podría haber ido muy lejos, en medio de la noche.

Pero, al poco, Mano Amarilla se dio cuenta de que la noche solo era un obstáculo para ellos, y no para Ojo de Nube. Dijo:

–Tu hijo se ha marchado en dirección a los malacosa. Está empeñado en robar los pataslargas.

Arco Certero estaba furioso. Comenzó a andar y a gritar el nombre de su hijo. Mano Amarilla le siguió a distancia. Aún era noche cerrada, pero el amplio creciente lunar permitía detectar los obstáculos y los dos se preguntaban cómo haría ese ciego para no tropezar con cualquier piedra.

Cuando estaba a punto de amanecer, Mano Amarilla dijo:

–Tal vez no sea mala idea, la de tu hijo.

Divisaron a Ojo de Nube cuando el sol había salido. Su padre fue corriendo hacia él, pero el muchacho se giró antes de que su padre llegara. Fijó en él sus ojos blancos y le dijo:

–Sé que estás furioso, padre, pero no tenía otro remedio. Sabía que me seguiríais. Os necesito para llegar hasta los pataslargas.

Mano Amarilla llegó a tiempo de detener el brazo alzado de Arco Certero, a punto de propinar a su hijo un bofetón, el que sería el primer golpe de su vida. Opinó, al mismo tiempo:

–Quizá debemos saber cómo piensa robar esos animales.

Ojo de Nube supo que la ira de su padre se había desvanecido.

–No lo sé. No conozco a los pataslargas. Quizá haya que matarlos, pero debemos privar a los caras pálidas de parte de su poder. Si no, invadirán la tierra y no estaremos seguros siquiera en nuestras montañas. Y si podemos robarles sus fusiles, mejor.

Los hombres pensaron que el muchacho llevaba razón. Se avergonzaron al pensar que si hubieran hablado como guerreros, y no como cazadores, habrían llegado a la misma conclusión.

Decidieron actuar como guerreros.

Primero, pintaron sus caras con dibujos que la dividían en dos mitades, una para la vida y otra para la muerte. Después, en cada lado remarcaron de rojo la línea de los ojos, para invocar la profunda mirada del águila. Por último, sobre un fondo negro aplicaron las líneas rectas que debían trazar sus flechas.

Ojo de Nube fue pintado por su padre, que colocó a su cintura el puñal corto que él llevaba en la suya.

Acabado el ritual, convinieron utilizar en caso de peligro el grito del búho si era por la noche, y el del cuervo si era de día.

Mano Amarilla y Arco Certero se separaron, vigilando el terreno que correspondía a cada uno. Ojo de Nube pidió ir atado a su padre, pero dijo a este que corriera cuando tuviera necesidad.

El chico avanzaba manteniendo en tensión el cordel de cuero que le unía con Arco Certero. Con la mano colocada sobre la cinta sabía si su padre ascendía o bajaba, si giraba para rodear un obstáculo o daba un salto para sortear un desnivel...

Estaban a un día de distancia del poblado de los malacosa. Pasaron esa noche protegidos por una pared rocosa y tampoco prendieron fuego. Ojo de Nube se acurrucó contra el cuerpo de su padre para no sentir el frío. Y volvió a enviar un mensaje a su madre, diciéndole que estaba bien.

Cuando salió el sol prosiguieron camino, escondiéndose en las lomas o, cuando debían salir a la llanura, asegurándose de que no hubiera enemigos a la vista. El chico de vez en cuando decía:

–Aún están lejos... Todavía no pueden vernos...

Caía la tarde cuando divisaron el poblado malacosa. Desde lo alto vieron los meandros del río, sus cabañas, la cerca de los pataslargas, los terrenos de cultivo, una extraña construcción junto al agua, coronada con un círculo que se movía sin cesar...

Ojo de Nube, desde allá arriba, pidió a su padre:

–Padre, cuéntame lo que ves... Todo...

26
Cuéntame lo que ves

ARCO Certero no tenía tanto hábito de hablar como Abeto Floreciente. Aunque intentaba explicar a su hijo lo que veía desde la loma, no conseguía ser los ojos del muchacho, que solo lograba imaginar un paisaje borroso y desconectado.

Durante un tiempo, Arco Certero describió el campamento de carapálidas, lo que le sirvió para saber que allí había al menos veinte hombres, cada uno de los cuales tendría, seguramente, un fusil. Otros llevaban armas a la cintura y no se podía saber si eran cuchillos-de-trueno o simples machetes.

Eran demasiados hombres armados para organizar un ataque.

Arco Certero contó solo cuatro mujeres y explicó que en el poblado debían estar haciendo cenas y preparándose para dormir. Le sorprendió la observación de su hijo:

–No es un poblado, sino un asentamiento de caza. No hay niños entre ellos. Sus poblados deben ser más numerosos.

Pasado el tiempo, cuando la actividad cesó, Arco Certero describió con el mayor detalle que pudo lo que veía, aunque sus palabras eran menos precisas que las de Abeto Floreciente.

Por eso, Ojo de Nube a veces interrumpía a su padre, pidiendo detalles que pasaban inadvertidos a unos ojos normales:

–Aún no sé si las cinco cabañas están alineadas.

–No. Forman un semicírculo, dejando la parte abierta hacia el río. Detrás de ellas está el bosque talado, y nadie podría atacar desde allí porque está al descubierto. Al oeste están los terrenos de cultivo, y al este, hacia nosotros, las cercas de los pataslargas. Hay cincuenta pasos desde la última cabaña hasta las cercas.

–Estas son las que me interesan. Dime cómo son.

–Los animales están prisioneros en un cercado fabricado con troncos del grosor de un brazo, de treinta por treinta pasos; hay troncos verticales cada cinco pasos, del alto de un hombre, y cuatro travesaños horizontales que cierran el acceso.

–Dime cómo es el suelo que pisan los pataslargas.

–Fue una pradera, pero ahora es un terreno donde en pocos lugares crece la hierba; está muy húmedo...

–Dime cómo se entra y se sale de esa cerca...

Poco a poco, Ojo de Nube fue afinando su paisaje. Cuando las palabras de su padre no le bastaban, pedía que le trazara en su pecho, con la yema de los dedos, formas, recorridos, distancias o posiciones. Esa tarea se prolongó hasta bien caída la noche.

Luego, amparado por la oscuridad, Ojo de Nube se colocó en un lugar desde el que completar con su oído y su olfato el paisaje descrito por las palabras. Situó un nido de cornejas en un árbol seco próximo al río, decenas de grillos en el bosque talado, una madriguera de conejos a sus pies, una nube de moscardones entre la que volaban murciélagos... Lo que más le inquietó fue la presencia de al menos tres perros, pero se dijo que, llegado el momento, se preocuparía por ellos.

Y, sobre todo, se dedicó a escuchar el ruido de los pataslargas.

Arco Certero y Mano Amarilla hablaban a cierta distancia, sin comprender muy bien qué estaban haciendo allí dos cazadores y un muchacho ciego. Resultaba evidente que los pataslargas eran animales nerviosos y que permanecían alerta, igual que lo haría un rebaño de bisontes en medio de la noche, sabiendo que en cualquier momento podían ser atacados por una fiera.

Pasado un tiempo, Ojo de Nube se levantó y les pidió:

–Bajemos a la cerca.

Los cazadores se dijeron que era buen momento. Los ruidos en el poblado habían cesado y no parecía haber nadie de guardia. Bajaron de la loma sin que sus pies produjeran el más mínimo ruido. Arco Certero y Mano Amarilla llevaban una flecha en sus arcos, alertas ante cualquier peligro. Suponían que el propósito del chico era abrir la cerca y provocar la estampida de los caballos.

El viento procedía del oeste, por lo que su olor no podía llegar hasta los animales. Una vez en la pradera, se arrastraron por el suelo como serpientes. Algunos grillos se callaron a su paso y percibieron que entre los pataslargas aumentaban los relinchos. No iba a ser fácil sorprenderlos antes de que diesen la alarma.

A cuarenta pasos del cercado, los cazadores y el chico se quedaron helados al sentir los ladridos de los perros. Mano Amarilla propuso marcharse, pero Ojo de Nube se dirigió a los hombres e indicó que subieran a la loma.

–No podemos continuar... Tenemos que irnos...

–Marchaos vosotros. ¡Dejadme aquí!

El tono de Ojo de Nube era tan imperioso que los hombres recularon arrastrándose hasta el comienzo de la loma. Desde allí vieron con terror cómo tres perros avanzaban husmeando el aire y lanzando pequeños gañidos, aproximándose hacia el chico.

Arco Certero tensó una flecha, pero estaba demasiado oscuro para disparar. Mano Amarilla le obligó a agacharse y susurró:

–Subamos. Seguro que tu hijo sabe lo que hace.

Ojo de Nube se tumbó boca arriba y dejó que los perros se le acercaran. Sabía que en esa postura de sumisión, mostrando su cuello, no le considerarían un enemigo. Los perros le olisquearon y se dejaron acariciar. Desde la loma, oculto por unos matojos, su padre vio asombrado cómo los perros jugueteaban con su hijo y cómo, al rato, se marchaban por donde habían venido.

El muchacho volvió a avanzar hacia la cerca.

Cuando faltaban menos de diez pasos para llegar, algunos pataslargas arañaron el suelo con sus cascos, mientras sus gemidos y resoplidos se hacían más frecuentes. Algunos huyeron algo más lejos de donde él se encontraba, y Ojo de Nube oyó cómo los cuerpos de algunos golpeaban contra los troncos del cercado.

Siguió avanzando, sigiloso como un escarabajo. Llegó al borde de la cerca y volvió a tumbarse boca arriba. A su costado sentía la humedad de un charco cálido, de orines de los pataslargas. No le importó. Se desnudó, rodó hacia él y se impregnó con el olor de aquellos animales.

Luego, produjo con su garganta y sus labios un ruido similar al resoplido de los caballos. Por fin estaba entre ellos.

27
Entre los pataslargas

HACÍA mucho que los caballos se habían acostumbrado a la presencia de los humanos, aunque seguían siendo animales desconfiados. Y era la primera vez que un indio de aquellas tierras tenía tan cerca a animales tan poderosos y misteriosos.

Ojo de Nube sabía que los pataslargas no tenían cuernos y, como otros animales de su tamaño, carecían de veneno. Su peligro estaba en sus patas, en sus enormes corpachones, en su velocidad y en sus mordiscos. Eso en el caso de que fueran seres normales, y no enviados de los *otkon...*

El corazón de Ojo de Nube latía tan rápido como los cascos de dos bisontes galopando enloquecidos por la pradera.

Pero no se movió del lugar en que estaba, tirado en el suelo y rebozado en el orín y los excrementos de los pataslargas.

No sabía que los caballos sentían pánico a pisar a otro animal. Esperó a que se le acercaran, pero los pataslargas formaron un círculo a su alrededor, bufando y soltando pequeños relinchos. Al cabo del rato, muy despacio, se puso en pie. El muchacho percibió el vapor que salía de sus bocas y de sus narinas, así como el calor de sus traseros, mientras le observaban y le olían.

Al fin, alguno se acercó lo bastante para poder tocarlo extendiendo su mano, pero decidió no hacerlo. Necesitaba aprender antes su lenguaje. Y debía aprenderlo pronto.

Desde lo alto, con el corazón encogido, los cazadores veían al muchacho quieto entre los animales. La luz de la luna se reflejaba en los lomos de los pataslargas. Los animales más alejados del muchacho andaban inquietos de un sitio para otro, rozando la cerca, mientras los más próximos parecían más serenos, como si trataran de conocer también a otro animal que parecía pacífico.

Transcurrieron larguísimos minutos.

Ojo de Nube aprendió muchas cosas durante ese tiempo. Por ejemplo, que los pataslargas percibían con facilidad pequeños gestos, como el leve movimiento de un dedo. Que aunque los más próximos no tenían miedo de él, permanecían alerta ante cualquier leve sonido, aunque viniera de lejos. O que sus colas tenían largas cerdas con las que espantaban los insectos...

También sabía Ojo de Nube que las manadas de cuadrúpedos tienen un macho dominante, con autoridad sobre los demás. Su objetivo era primero localizarlo y después ganarse su confianza.

Por fin ocurrió lo que esperaba. Un animal pasó rozándole con su lomo, quizá para dejar clara su superioridad física. Estuvo tentado de alargar la mano, mas se dijo que era pronto. En vez de eso, comenzó a andar muy despacio, levantando los pies para no producir roces que pudieran confundirse con serpientes.

Desde lo alto, los crow veían asombrados lo que parecía una lenta danza en la que un chico desnudo se movía en el centro de un círculo. Los pataslargas no le miraban de frente sino que ofrecían sus costados, como si le observaran mejor de reojo.

De nuevo, un caballo se le acercó y le rozó con su cuerpo, ahora más despacio, desde el cuello hasta la grupa. Ojo de Nube se quedó quieto y se sobresaltó pensando que esos pataslargas eran aún mayores de lo que había imaginado.

La extraña ceremonia se repitió por tercera vez.

En esa ocasión, Ojo de Nube alzó una de sus manos y la colocó a lo largo del animal. Le sorprendieron su suave pelaje, el calor de su piel, las venas inflamadas de su flanco y los latidos de lo que debía ser un enorme corazón. Notó que el pataslargas se estremecía también al sentir su mano. Y el muchacho tampoco intentó aproximarse de nuevo a ellos.

Incluso Arco Certero, habituado a acechar horas a un animal, sentía que aquella escena transcurría muy lenta. Su hijo caminaba despacio en círculo y los pataslargas le seguían en círculos más amplios, como si formaran parte de un pausado remolino.

Era como si el tiempo se hubiera detenido.

Sucedió entonces algo inesperado para los cazadores. De la tercera línea de pataslargas salió un animal, que se colocó junto al muchacho. Como hizo con el otro caballo, Ojo de Nube acercó la mano y la posó extendida sobre su vientre. Los otros pataslargas abrieron el círculo. El chico se dijo que ese era el jefe de la manada y que era a él a quien debía convencer.

Ahora, el caballo y el muchacho se quedaron

quietos. A través de la palma de su mano, el chico notó el corazón del animal. Parecía ir rápido, mucho más rápido que el suyo. Transcurrieron largos minutos y ni el chico ni los animales se movieron, como si formaran parte del dibujo en la piel de un tipi.

Ojo de Nube comprobó cómo el corazón de ese pataslargas iba latiendo más despacio, hasta acompasarse casi al suyo.

Entonces, se decidió a explorar su cuerpo con su mano abierta y el caballo se dejó hacer. El chico lo recorrió muy despacio, partiendo del vientre, ascendiendo al lomo, tocando las crines, el cuello, la cabeza, las orejas, los párpados, los belfos, la nariz... para pasar al otro costado y dar una vuelta completa al animal, llegando de nuevo hasta el lugar donde latía su corazón.

Ojo de Nube estuvo a punto de llorar. Era magnífico.

Y el caballo, que nunca había sido acariciado de ese modo, salvo por la lengua de su madre hacía muchos años, se entregó con un relincho agudo y suave, que denotaba satisfacción.

Durante dos largas horas, el muchacho acarició a los animales y aprendió el lenguaje de sus gestos. De vez en cuando, alguno bajaba la cabeza y restregaba sus orejas contra su torso desnudo.

Cuando supo que podía hacerlo, Ojo de Nube llamó mediante un par de chasquidos al jefe de la manada, que se situó a su lado.

Con la mano en su cuello, el chico se dirigió hacia el límite de la cerca y tanteó hasta encontrar el portón descrito por su padre. Deshizo el nudo de la cuerda y la puerta giró por su propio peso lo suficiente como para permitir el paso de los pataslargas.

Desde lo alto del cerro, los dos cazadores crow estaban boquiabiertos. Mano Amarilla dijo asombrado a Arco Certero:

–¡Ese chico habla con los pataslargas!

28
Siguiendo el curso del río

LAS patas de los caballos apenas resonaron en la pradera. Tan sigilosos como habían sido sus movimientos en el interior del cercado fueron los pasos de Ojo de Nube y de los pataslargas mientras se alejaban del campamento de caza de los carapálidas.

Solo los animales más atentos pudieron darse cuenta de que un grupo de caballos avanzaba en la oscuridad de la noche.

Mano Amarilla y Arco Certero, que creían que Ojo de Nube iba a organizar una estampida, miraban incrédulos cómo los animales avanzaban dóciles río arriba. El primero hizo un gesto al segundo y los dos cambiaron de posición para que el viento no llevara su olor hasta la manada de caballos.

Cuando Ojo de Nube supo que las pisadas de los animales no podrían ser escuchadas en el campamento, se internó en el lecho del río. Aun así, las patas no producían más que un leve chapoteo, no mayor que el rumor del agua que discurría entre los guijarros. Mano Amarilla dijo asombrado a su compañero:

—Los lleva por el río. Quiere que se pierdan sus huellas.

Era un largo camino. Los cazadores los siguieron a distancia, procurando que su olor no los delatara. Notaron cómo en un momento determinado Ojo de Nube imprimió un paso más rápido, que fue seguido por los pataslargas.

Arco Certero pensó orgulloso que su hijo poseía un misterioso poder de orientación. Durante mucho tiempo siguió el río, hasta llegar a una zona más profunda. Entonces, los cazadores vieron algo que volvió a sorprenderlos. La manada se detuvo mientras Ojo de Nube abrazó al caballo que llevaba del cuello.

Luego, saltó a su lomo.

Y los animales salieron del río y se alejaron primero al trote y más adelante al galope. Muy pronto, los animales y el chico se perdieron en la negrura de la noche.

Los cazadores supieron lo que tenían que hacer y no perdieron tiempo. Calcularon que faltaban tres horas para el amanecer. Bajaron hasta el lecho del río, tomaron unas ramas y durante una hora se ocuparon de borrar las huellas de los cascos de los caballos como solo los indios sabían hacerlo.

Se entretuvieron en continuar esa tarea hasta al menos quinientos pasos desde la orilla del río. Los malacosa tardarían mucho en descubrir por qué lugar del río se habían escapado los animales y, para entonces, confiaban en que el viento y el polvo hubieran borrado las huellas del resto del camino.

Arco Certero y Mano Amarilla sí siguieron las huellas, y un par de veces llegaron a pensar que su hijo se había perdido. Pero no fue así. En una ocasión, Ojo de Nube condujo la manada por una extensa pradera de hierba fresca, situada al sur, quizá para que los animales pacieran o quizá para no dejar huellas. En otra, fue hacia el norte, para localizar un manantial en el que abrevar.

Dos días más tarde, los cazadores, exhaustos, llegaron hasta las praderas donde estaba su territorio, tras recorrer un serpenteante camino siguiendo a la manada. Sus corazones se estremecieron al reconocer, a lo lejos, la silueta de su tótem y, como esperaban, la manada de los pataslargas.

Ojo de Nube los recibió de pie, vestido con las ropas que había recogido en la cerca, con precaución para no dejar huellas de su paso. Había tenido tiempo suficiente para lavarse en el arroyo, aunque aún le quedaban restos de pintura en la cara.

Los dos hombres se abrazaron al chico.

–Habéis tardado mucho. Pero no hay tiempo para descansar. Tenemos que irnos antes de que lleguen los malacosa.

–Estoy seguro de que tus ojos saben si están cerca.

–Ahora están muy lejos, pero llegarán hasta aquí.

Antes de partir, Arco Certero limpió con saliva los restos de pintura del rostro de su hijo, desanudó su cabello, sujeto a la nuca con una cinta, y le trenzó dos coletas.

Luego, anudó a la derecha una de las plumas de águila que llevaba en su cabello. Y Mano Amarilla hizo lo mismo.

Ojo de Nube acarició las plumas y se sintió satisfecho porque sabía que era el primer niño que recibía los honores de gran cazador, pero consideró que no había tiempo que perder. Dijo a los hombres:

–Sé que estáis cansados. Ayer busqué las boñigas de estos animales y las enterré al pie del álamo. Deberíais comprobar que no quedan huellas recientes de los pataslargas. No iré por el camino habitual hasta Garganta del Ciervo, sino por los senderos del bosque. Me adelantaré con los animales lo más deprisa que pueda hasta la cueva y allí os esperaré.

Arco Certero se sintió orgulloso de su hijo. Mano Amarilla se dijo que un día ese chico ciego podría ser un gran jefe.

Ojo de Nube dio un silbido y los animales se reunieron. Con un ágil movimiento, saltó al lomo del jefe de la manada y se agarró con fuerza a sus crines. A un grito, su montura inició un trote y el resto de animales le siguieron. Poco después, la fila de pataslargas desapareció con un rápido galope.

Los cazadores fabricaron escobones y borraron las huellas de los caballos de las inmediaciones de lo que había sido su campamento. En cuanto a las bostas, apenas encontraron algunas, y casi todas eran de la antigua visita de los carapálidas. Taparon bien el agujero en el que Ojo de Nube había enterrado las boñigas más frescas y comprobaron que el paso de la manada de caballos apenas había dejado más huellas en la hierba que las que podían dejar las manadas de otros animales del bosque.

Sin descansar, emprendieron viaje hacia Garganta del Ciervo por el camino usual. Durante unas horas, lo hicieron a paso ligero. Al caer la noche, agotados, buscaron un lugar seguro donde dormir y descansaron hasta el amanecer, después de cazar, despellejar y asar un puercoespín.

Repuestos, el día siguiente emprendieron viaje.

Tres jornadas después divisaron a los pataslargas, dispersos en las inmediaciones de Garganta del Ciervo.

29
El invierno en la montaña

Los crow nunca habían pasado un invierno en la montaña. Su vida hasta entonces, incluso la de sus antepasados, transcurría en un campamento durante los meses fríos y en otro durante los cálidos, procurando que los animales que cazaban y las plantas que recolectaban pudieran descansar de una estación a otra.

Ahora, al menos hasta que encontraran otras praderas en que asentarse, se veían obligados a pasar varias lunas en la montaña, robando la comida a los alces, a los osos y a las aves, que tendrían que compartir con ellos los bienes de la Madre-que-da-la-Vida. Y además, deberían soportar la nieve y el viento helado.

Se sentían culpables por permanecer allí, pero no tenían otro lugar a donde ir.

El regreso de Arco Certero, Mano Amarilla y Ojo de Nube significó para los crow un acontecimiento en el que se mezclaban los sabores dulces y los amargos. Saber que no podrían regresar a las praderas cuando se helasen las aguas del río parecía una sentencia de muerte para los ancianos y los niños más pequeños.

Cuando se enteró de ello, el viejo Pequeño Halcón murmuró:

–Esto será mi fin. ¡Se me helarán los pies y no habrá una joven india que quiera compartir mi lecho los días de invierno!

Pero hombres y mujeres, incluyendo la abuela Luz Dorada, intentaron sobreponerse a la desgracia. Y así, cuando llegó la quinta luna y la escarcha apareció en las primeras matas junto al río, trataron de aprender a conservar seca la leña, a aprovechar al máximo los dones de la naturaleza y a internarse en lo profundo del bosque para descubrir nuevas presas que se dejasen cazar.

Los pataslargas aliviaron su penuria, porque los cazadores crow aprendieron a cabalgar sobre ellos, lo que les permitió realizar expediciones de caza hasta Garganta del Ciervo, allá donde la

Madre-que-da-la-Vida ofrecía nuevos favores. Los indios comprobaron además que esos animales eran dóciles de trato y resistentes al frío, y que no competían con las personas por los alimentos, como si el Gran Espíritu hubiera previsto un lugar para ellos, al lado de los seres humanos.

No había muchas horas de luz en la montaña durante esa estación, por lo que había que aprovechar las del día para hacer acopio de alimentos. Contaban con la ventaja de que el frío y el hielo preservaban la carne de los animales cazados, y que no era preciso dedicar tiempo a secar carnes y pescados.

Durante las tardes, aprovechando al máximo la luz solar, o a la penumbra de las fogatas encendidas en los tipis, se dedicaron a confeccionar gorros y polainas con piel de castor. A coser guantes y bufandas con las mantas de lana que habían recibido de los tonkawa. Y a tallar puntas de flecha y de lanza, previendo que quizá llegaran tiempos que las hicieran necesarias.

A pesar de la dureza del clima y de que muchos días el paisaje estaba cubierto de nieve, la vida prosiguió en el poblado crow. Nacieron tres niños, de los que uno falleció antes de tener alma. Y no murió nadie, ni siquiera el viejísimo

Pequeño Halcón, porque a nadie le había llegado aún la hora de morir.

Pero sobre todo, por las noches, al calor de la lumbre prendida en el interior de los tipis, se contaban historias.

Después de la llegada de Ojo de Nube, Mano Amarilla y Arco Certero a lomos de los pataslargas, el pequeño mundo de los crow había sufrido un cambio parecido al relatado en las antiguas leyendas, y que las madres, sobre todo las madres, trataban de fijar en la memoria de sus hijos.

Abeto Floreciente, por ejemplo, era invitada alguna noche a hablar junto al fuego, porque tenía una poderosa Voz y su Voz había permitido que su hijo ciego mirara más lejos de lo que miraban los ojos de otras personas. Ante un auditorio de niños embobados, mientras Abeto Floreciente buscaba una posición cómoda para soportar su embarazo, contaba:

–Sí, me acuerdo de cuando vino Ojo de Nube, montado en el pataslargas más hermoso de la manada. Poco antes se había acercado su padre, Arco Certero, para avisarnos de que habían regresado y evitar que nos asustáramos al ver a los animales. Casi no lo podía creer porque recordaba la leyenda de los Cuatro Hermanos. Ah, veo que no habéis oído la leyenda de los Cuatro Hermanos, así que os la voy a contar... Había una vez...

Los jóvenes de la edad de Ojo de Nube también conocían la historia de cómo había conseguido hacerse con la manada, pero les gustaba escuchar de sus propios labios ese relato una y otra vez, porque siempre les descubría cosas distintas. Además, ese joven ciego era el único de su tribu que podía lucir con todo derecho varias plumas de águila en sus trenzas, por lo que, llegado el momento, no tendría que someterse a los ritos de iniciación.

–Desde que reconocí al jefe de la manada supe que tenía que darle un nombre, así que le llamé Viento-en-las-Patas. Se lo dije en voz alta y percibí que ese nombre le gustaba. Mientras le acariciaba el cuerpo, pronuncié el nombre de todos los miembros de nuestra tribu, desde el viejo Pequeño Halcón hasta la joven Junco Tierno, porque sabía que si conocía nuestros nombres jamás podría hacernos mal...

Trueno de Fuego decidió cesar en sus funciones como jefe de los crow, pues decía sentir cansado su corazón. El poblado eligió como nuevo jefe a Alce Veloz y el Gran Espíritu debió sentirse complacido con ello porque, al poco, un

182

rebaño de alces se asentó en las inmediaciones del campamento, y la Madre-que-da-la-Vida les concedió permiso para cazar a algunos de ellos.

La abuela Luz Dorada, que había enfrentado el invierno con gran abatimiento, pues creyó que iba a ser la última estación de su vida, paseaba muchas tardes con sus nietos por el bosque cercano. También disfrutaba con los detalles que refería Ojo de Nube y se arrepintió muchas veces de haber tenido dudas sobre ese pequeño ciego. A partir de un momento, Abeto Floreciente la vio rejuvenecer y llenarse de entusiasmo, pero nunca se explicó el motivo. Solo su nieto sabía que algunas noches combatía la soledad y el frío junto al viejo Pequeño Halcón.

Ese era quizá el único secreto entre el ciego y su madre. Entre ambos se había creado una relación que solo ellos conocían, en la que compartían sus ojos, sus oídos y sus pensamientos. A Ojo de Nube le gustaba posar su oído en el vientre hinchado de su madre, para escuchar el leve corazón de su hermano. Y le pedía:

–Madre, aunque pueda ver, dale también tus palabras.

En cuanto a Osa Negra, Cabello Largo, Perro Rastreador, Cierva Blanca, Montaña Plateada, Mano Amarilla, Amanecer Sonriente, Conejo

Loco, Viento Rojo, Agua Oscura... todos siguieron su vida e hicieron lo posible por afrontar los acontecimientos tal y como lo había dispuesto el Gran Espíritu.

Muchas veces, en el Círculo Sagrado, los crow recordaban a sus antepasados y elogiaban las virtudes de los hombres y las mujeres que se habían ido. Por ejemplo, hablaban de Hacha Poderosa, capaz de recorrer la pradera sin que sus mocasines tocaran apenas el suelo y de clavar una flecha en el cuello de un animal desde cien pasos de distancia. O de Luna Oscura, que mantenía el fuego en el interior de su tipi durante toda una estación, y capaz de curtir con su afilado cuchillo una tira de cuero tan delgada como la espina de un salmón.

A veces, Ojo de Nube y Arco Certero montaban a pelo sus caballos y viajaban hasta Garganta del Ciervo, e incluso algo más lejos. El muchacho descendía de Viento-en-las-Patas y durante horas se quedaba quieto y silencioso, oteando el horizonte y escuchando los sonidos del aire y los signos de la tierra.

Todos habían confiado en él para interpretar el vuelo de las águilas, aunque no pudiera verlas. Después de ese tiempo de silencio, solía decir:

–Todavía siguen ahí, aunque no están cerca.

Por las noches, su padre, el valiente cazador, se arrebujaba bajo las pieles y dormía junto a su mujer, a quien acariciaba la barriga en que crecía su quinto hijo.

Muchas veces le repetía:

–Tú has sido sus ojos, tú has sido sus ojos...

29,5
Los pasos de la Luna

CADA veintinueve días y medio, una luna nueva sucede a otra luna nueva. Así venía ocurriendo durante generaciones, y debía seguir ocurriendo durante interminables generaciones más.

Son precisas muchas lunas nuevas para que un niño se transforme en joven, para que un joven se convierta en adulto y para que un adulto llegue al final de su tiempo como anciano.

Los crow medían su tiempo en meses lunares y celebraban sus fiestas dos veces cada mes. No necesitaban llevar una cuenta muy precisa, porque el tiempo lo confiaban al Gran Espíritu.

Tenían idea de que todo lo que ocurría era un

designio de la Madre-que-da-la-Vida, que gobernaba los espíritus ocultos en los animales, las plantas, las piedras y los fenómenos del aire y del cielo. A pesar de las dificultades, pensaban que estos espíritus nunca los abandonarían.

Los crow siguieron viviendo en la montaña; tenían los caballos de los malacosa y pensaban que sin ellos sus fusiles acabarían perdiendo su poder. Confiaban además en que la Madre frustraría sus cosechas de pólvora, indignada por el trato dado a sus bisontes. Y pensaban que los carapálidas, tarde o temprano, abandonarían los territorios que no eran suyos y buscarían tierras más lejos de donde se extienden los puntos cardinales.

Pero sabemos que los malacosa siguieron avanzando y apropiándose de las tierras de los crow, de los osage, de los tonkawa, de los sioux, de los lakotas, de los cherokees...

Un día, incluso hasta Garganta del Ciervo llegaron sus fusiles...

FIN

TE CUENTO QUE RICARDO GÓMEZ...

... de niño, esperaba con ganas la hora del recreo, en la que podría jugar al gua, al rescate, a las chapas o al pañuelo. Con el tiempo, dejó de ser un alumno y se convirtió en profesor de Matemáticas y siguió jugando, pero esta vez con los números. Sin embargo, ser de ciencias no significa que no puedan gustarte los libros y, por eso, un buen día, Ricardo decidió jugar con las letras, a ver qué pasaba. Y se hizo escritor. Si te lo encuentras por la calle y buscas en su mochila, te aseguro que encontrarás una libreta y una cámara fotográfica. Y es que Ricardo toma nota de todo y lo registra, porque nunca se sabe cuándo te vas a encontrar una buena historia que merezca la pena ser contada.

Ricardo Gómez nació en 1954. Tras estudiar y enseñar Matemáticas durante muchos años, actualmente se dedica exclusivamente a la literatura; ha escrito varios libros para jóvenes de todas las edades y ha recibido varios premios; entre ellos, El Barco de Vapor por la novela que acabas de leer.

LOS INDIOS CROW SE LLEVAN UNA SORPRESA TREMENDA LA PRIMERA VEZ QUE SE ENCUENTRAN CON LOS PATASLARGAS. CLARO QUE DE HABER CONOCIDO A **DANKO, EL CABALLO QUE CONOCÍA LAS ESTRELLAS** se hubieran quedado sin palabras, porque este potro, además de orientarse gracias al firmamento, es capaz de entender el lenguaje de los humanos.

DANKO, EL CABALLO
QUE CONOCÍA LAS ESTRELLAS
José Antonio Panero
EL BARCO DE VAPOR,
SERIE NARANJA, N.º 52

POR CIERTO, LA PROTAGONISTA DE **EL REGALO DE LA ABUELA SARA** TE PUEDE CONTAR, IGUAL QUE OJO DE NUBE, qué es lo que se siente la primera vez que uno monta a caballo...

EL REGALO DE LA ABUELA SARA
Ghazi Abdel-Qadir
EL BARCO DE VAPOR, SERIE NARANJA, N.º 145

SI LO QUE MÁS TE HA GUSTADO DE **OJO DE NUBE** ES LO BIEN QUE RETRATA UNAS COSTUMBRES Y UNA VIDA COTIDIANA DIFERENTES A LAS NUESTRAS, NO TE QUEDES SIN LEER **NUBE DE NOVIEMBRE**. Es la historia de Konyek, un joven masai que vive, junto al resto del poblado, en chozas fabricadas con ramas cubiertas de estiércol y barro.

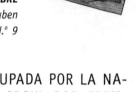

NUBE DE NOVIEMBRE
Hilary Ruben
EL BARCO DE VAPOR, SERIE NARANJA, N.º 9

TODAVÍA QUEDA GENTE PREOCUPADA POR LA NATURALEZA COMO LOS INDIOS CROW. POR EJEMPLO, LOS PROTAGONISTAS DE **LA BATALLA DE LOS ÁRBOLES:** por un lado, un miembro del Icona que hará todo lo posible por extinguir un incendio provocado en Asturias, y por otro, un chico de Madrid que se atreve a plantar cara a los responsables de una obra, que pretenden talar los árboles del barrio donde vive.

LA BATALLA DE LOS ÁRBOLES
Carlos Villanes Cairo
EL BARCO DE VAPOR, SERIE NARANJA, N.º 98

elbarcodevapor.com

SPANISH TF GOMEZ
Gomez, Ricardo.
Ojo de nube